Alpinistes de Mao

DU MÊME AUTEUR

Vladivostok, neiges et moussons, *Phébus, 2011; Libretto, 2013*

Le Nord, c'est l'Est. Aux confins de la Fédération de Russie, *Phébus, 2013; Libretto, 2014*

Le Cœur et les Confins, *Phébus, 2014; Libretto, 2015*

L'Hiver aux trousses. Voyage en Russie d'Extrême-Orient, *Stock, 2015; Folio, 2016*

Anthracite, *Stock, 2016; Folio, 2018*

Saisons du voyage, *Stock, 2018; Folio, 2021*

La Mer des Cosmonautes, *Paulsen, 2017; Folio, 2019*

Alpinistes de Staline, *Stock, 2020 (prix Albert-Londres); Points, 2021*

Cédric Gras

Alpinistes de Mao

Stock

Graphisme : Aliaksandra Bogatel
Couverture : Coco bel œil/Le Petit Atelier
Carte : Nicolas Jan

ISBN 978-2-234-09234-1

« Avouez la vérité. Vous vouliez occuper la montagne dans un but déterminé. Lequel ? »

Je n'avais jamais rien entendu de pareil. Occuper une montagne !

Sydney WIGNALL, *Prisonniers au Tibet rouge*

Carte

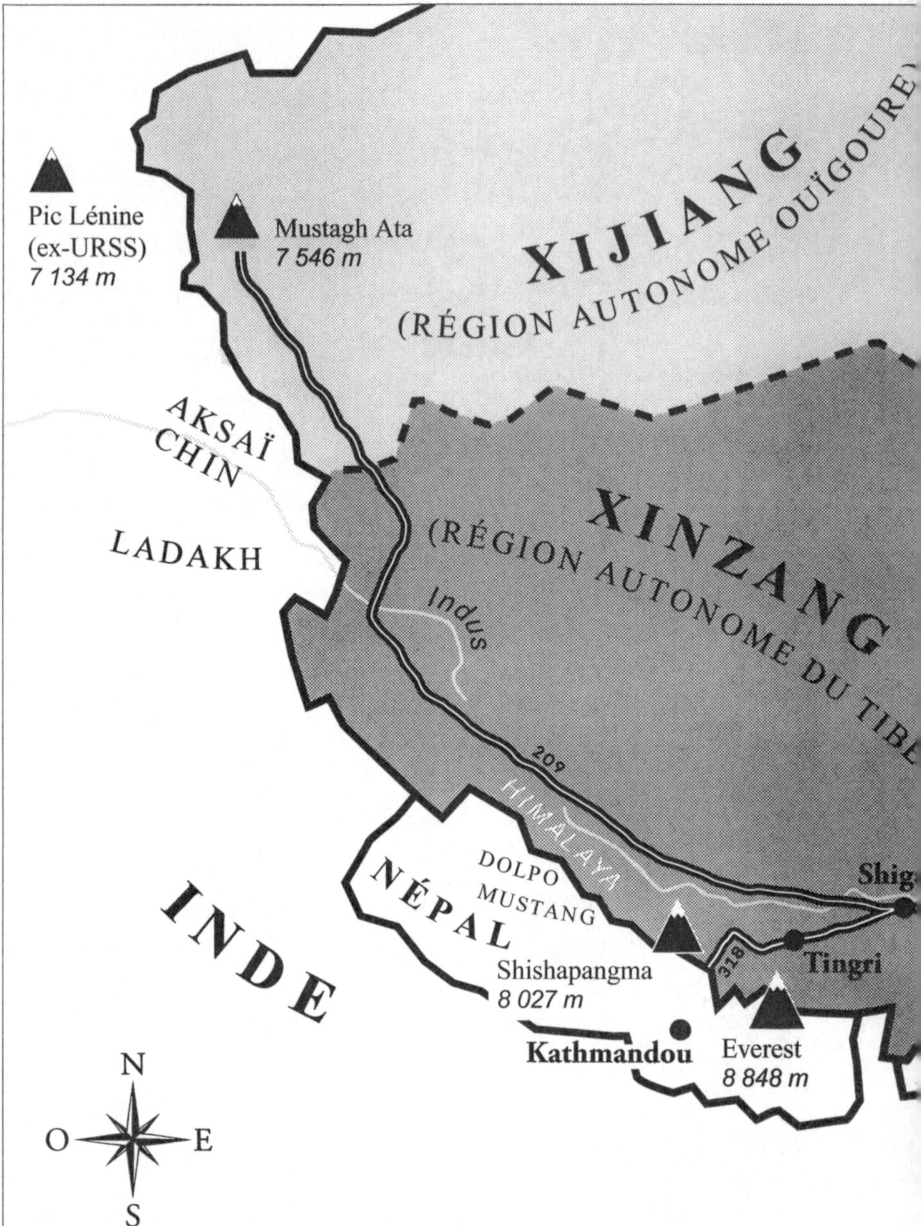

TIBET HISTORIQUE ET CHINOIS

Pékin
1 500 km
QINGHAÏ
(AMDO)
Golmud
Lac
Kokonor
Xining
Lanzhou
GANSU
Huanghe
Yangzi
Mékong
SICHUAN
(KHAM)
Chengdu
214
Chamdo
Kangding
109
Salouen
Lhassa
318
Nyingchi
Litang
318
Mynia Konka
7 556 m
214
Tsangpo
ARUNACHAL
PRADESH
BIRMANIE
YUNNAN
Limite du Tibet culturel
Axe routier
209
0
500 km

Des Soviets aux maos

Ce livre n'est pas une suite et l'idée a dû faire son chemin avant que je me remette à l'ouvrage. Je venais de publier *Alpinistes de Staline*, une enquête littéraire sur les frères Abalakov, héros des cimes en URSS et pourtant victimes de la Terreur. Un travail qui par bonheur a suscité l'intérêt de nombreux lecteurs. Qu'il me soit permis de les remercier en préambule de ce deuxième opus. Je crois qu'ils ont trouvé là ce qui m'avait moi-même passionné, la montagne certes, mais comme belvédère sur une époque fascinante. Un alpinisme restant, quoi qu'on en dise, dicté par les lois d'en bas, miroir des utopies et des pires régimes. Des destins en proie au vertige tant des parois que de la grande Histoire. Or voilà qu'en Chine se profilait une épopée similaire, inconnue, tragique, bouffie d'idéologie et malgré tout héroïque.

J'avais en effet découvert que, dans les années 1950, les Soviétiques avaient formé les tout premiers grimpeurs chinois. Il s'agissait alors pour les deux puissances communistes de gravir l'Everest par son versant tibétain et d'y planter de concert leurs drapeaux rouges. Les maoïstes voulaient ancrer la plus haute cime du monde dans le territoire de la nouvelle République populaire. Les Russes, eux, imaginaient par ce fait d'armes rattraper leur retard sur les nations occidentales dans la conquête des sommets de plus de 8000 mètres. Las, ils se plaignaient de recrues trop faibles et sélectionnées pour leur *fanatizm* politique plutôt que leur aptitude à la très haute altitude. Ils écarquillaient les yeux devant ces Asiatiques plus dévoués qu'eux à la cause du marxisme.

Alpinistes de Staline achevé, j'étais passé à d'autres projets, d'autres pistes, avant d'être intrigué en 2020 par un long-métrage au box-office chinois. Une grosse production shanghaïenne bourrée de célébrités asiatiques avec Jackie Chan en *guest star* et intitulée *Pan deng zhe*. Cela se traduit en français par « Le Grimpeur » et le synopsis ne promettait rien de moins que la première ascension septentrionale de l'Everest. Le film n'a jamais passé les frontières et je n'ai pu le visionner que dans un mauvais doublage russe sur un site de piratage. Un navet ultra-patriotique avec interprétation historique sauce pékinoise, sorti dans les salles obscures pour flatter un public acquis, le jour de la fête nationale. Les faits avaient été malmenés jusqu'à l'invraisemblable et augmentés d'effets spéciaux. Les destins édulcorés, l'absence de toute référence à la Révolution culturelle ou aux ravages du Grand Bond en avant m'avaient laissé songeur. Et s'il ne fallait rien attendre non plus des dialogues, une réplique m'est longtemps restée à l'esprit. Un des protagonistes proclamait : « C'est notre montagne, nous devons la conquérir. »

Dans les années 1950, l'Everest avait été défloré depuis le Népal par la cordée Hillary-Tenzing, lors d'une expédition britannique. La face tibétaine, en revanche, restait vierge et nimbée de mystère. Les célèbres Irvine et Mallory avaient péri quelque part là-haut, non loin du sommet, en 1924. Personne n'avait jamais retrouvé leurs corps ni réussi à parachever leur rêve tandis que tombaient les uns après les autres les derniers sommets de plus de 8 000 mètres. Les Italiens avaient fini par vaincre le K2, les Allemands le Nanga Parbat, les Autrichiens le Cho Oyu, les Japonais le Manaslu… Ne restait guère que ce versant mythique et sacré menant à la cime des cimes depuis un Tibet occupé et devenu interdit au reste du monde. De tout cela, la superproduction ne disait mot. Des dizaines de millions de spectateurs chinois ont pris à la lettre cette fiction hollywoodienne glorifiant leur pays.

Dès lors j'ai entrepris de reconstituer, autant que faire se peut, la véritable chronique des alpinistes de Mao. J'ai repensé à ces novices plus politiques que sportifs que Pékin avait envoyés se former en URSS. Le film ne disait rien de cela non plus et pas grand-chose de ce qui va venir. J'ai repris les articles et les archives russes les mentionnant. J'ai retrouvé les noms auxquels je n'avais guère prêté attention alors. Xu Jing, Liu Lianman, Wang Fuzhuou... Encore fallait-il les reconnaître sous leurs diverses transcriptions, leurs orthographes latines aléatoires, au gré des quelques rapports traduits en anglais ou de réminiscences soviétiques en cyrillique. Mais c'étaient eux ! Eux dont il était question, joués par des acteurs exaltés et brossés en héros de l'Everest ! J'en savais suffisamment pour comprendre qu'il s'agissait là d'un scénario s'arrangeant avec les circonstances. Une histoire officielle qui masquait des vies peu communes en faisant fi des charmes de la vérité.

Les repérer sur les rares photographies, les gueules tannées par la lumière, mangées par les bonnets et les cols de manteaux, n'était pas plus aisé. Cela sans parler de ces visages asiatiques, tous si semblables à l'œil occidental. J'ai mis quelque temps à apprivoiser ces patronymes et ces traits exotiques dont on ne sait rien chez nous. J'ai mené l'enquête comme j'ai pu sur ces hommes portés aux nues par la propagande sans qu'on sache trop d'où ils venaient, l'individu s'effaçant derrière le but, au point qu'il est difficile jusque dans les rares témoignages de comprendre qui a fait quoi, qui était là. Le « nous » se substitue souvent au « je », le collectif au premier de cordée, le Parti au simple péquin.

J'avais mille interrogations. Comment les avait-on choisis dans cette Chine populeuse, une poignée parmi des millions ? Par quel miracle les expéditions s'étaient-elles faufilées entre les combats qui faisaient rage au Tibet ? Que s'était-il vraiment passé sur les flancs septentrionaux de l'Everest ? Et puis qu'était-il advenu d'eux par la suite, entre Grand Bond en avant et Révolution culturelle, au milieu des ravages et des arrestations ? Je pressentais que les soldats des cimes n'avaient pu échapper à la fièvre de ces décennies. Que, pour être allés à 8 000 mètres, ils n'en avaient pas moins été tributaires des affaires du siècle. En bien des points le maoïsme fut une funeste répétition du stalinisme. Je n'imaginais pourtant pas que cela ait été le cas jusqu'aux éminences himalayennes. J'ai retrouvé bien des ingrédients d'*Alpinistes de Staline*. À ceci près que cette histoire-là se déroule dans un passé plus proche et le cadre céleste du toit du monde.

Dès le début, j'ai su que les recherches seraient ardues et incomplètes, dans l'opacité d'un régime encore en exercice. Mao est mort, mais le Parti est vif. La Chine reste une dictature communiste qui comme ses consœurs nie, cache et ment. La vérité n'est pas disponible. Contrairement aux archives soviétiques, celles de Pékin, si elles existent, demeurent inaccessibles. J'étais prêt aux zones d'ombre, à pallier les lacunes béantes par des évidences. J'ai réuni ce qu'il était possible de consulter, des documents pollués le plus souvent d'une propagande inflexible dont on comprend qu'elle a annihilé toute autre vue et témoignage. J'ai lu la prose officielle ainsi que les moqueries occidentales censées lui répondre. Et puis quelques textes inespérés, pas toujours mensongers, parfois téméraires, ponctués de bribes d'aveux. Suffisamment d'éléments pour brosser un portrait de groupe, à défaut de pouvoir retracer des biographies exhaustives. Il m'a semblé qu'avec des fragments de vie de chacun et plus tard de chacune, il était possible de conter plus crûment cette histoire que tous ces rapports impersonnels, fanatiques et sans âme.

J'ai dû faire des arbitrages, choisir mes protagonistes en fonction des sources accessibles mais aussi de ce que leurs sorts disent de l'époque. Il n'y a parmi eux aucune vraie légende, aucun héros qui ait traversé les frontières. Seules les expéditions comptent ; les hommes, leurs noms, leur gloire, n'ont que peu de place dans cette affaire. Je devais remettre dans le contexte maoïste cette conquête himalayenne qui lui est pieds et poings liés. C'était le Grand Bond en avant, c'était la colonisation du Tibet. Le buste du Grand Timonier devait à tout prix trôner au sommet de l'Everest pour la parachever. Cela n'eut rien d'une échappée dans le ciel mais tout d'une conquête ultra-nationaliste. Une entreprise de propagande dans les bourrasques et la glace, alors que la famine décimait le pays et que les hauts plateaux découvraient la lutte des classes.

Ce toit du monde où j'ai passé des mois entiers, dont les paysages enluminent ma mémoire. Il me suffit de baisser le rideau des paupières pour le revoir. La Haute-Asie a été le théâtre de mes premiers grands voyages et j'ai toujours voulu y revenir, ne serait-ce que par la plume et mieux armé de connaissances. Avec ces réminiscences, des lectures fouillées et quelques documents tombés du ciel, j'allais peut-être pouvoir éclairer un peu cette obscure histoire…

Première partie

XU JING ET LIU LIANMAN

Xu Jing, premier alpiniste chinois

Commençons par un homme qui n'est pas celui auquel on songerait de prime abord. Un homme pour lequel les dictionnaires de noms propres ne connaissent aucune entrée. Un homme dont la propagande chinoise elle-même ne s'est jamais trop emparée. Les récits lyriques émanant des organes officiels ne le mirent guère en avant et Mao ne l'a, que je sache, pas décoré. Il est pourtant l'un de ceux qu'on qualifiera plus tard de « vétérans ». L'alpinisme chinois était alors si balbutiant qu'une ascension mineure vous conférait toute sagesse et vous qualifiait pour l'élite. On dit parfois de Xu Jing qu'il est l'alpiniste chinois numéro un. Le premier à avoir tenu un piolet, le premier à s'être pendu au bout d'une corde, le premier à avoir brandi le drapeau rouge dans les bourrasques. C'est par lui qu'il faut amorcer cette histoire.

Xu Jing donc. Je l'ai aussi vu translittéré Hsu Ching, Xu Djing... Au-delà de sa trajectoire entre ombre et lumière, ni héros national ni vraiment anonyme, je crois que j'ai trouvé à cet homme quelque chose comme du charisme. Je l'ai longuement dévisagé sur les rares clichés en noir et blanc qui ont survécu à la Révolution culturelle. Jeune, il présentait quelque ressemblance avec le personnage de Tchang dans *Tintin au Tibet*. À cause de cette frange de cheveux ébène qui lui passe sur le front sans doute. Plus tard, il dirigera d'ailleurs la première expédition au Shishapangma, la montagne dont s'inspira Hergé. Ces quelques cases de bande dessinée me sont revenues en mémoire à sa vue. D'autant qu'elles ont été esquissées dans les mêmes années.

La biographie officielle de Xu Jing le fait naître – cela doit être vrai quand même – en 1927 dans le Liaoning, non loin de la mer Jaune. Les reliefs sont infimes, le paysage vaguement cabossé, l'Himalaya est un mirage. D'autres alpinistes viendront du Henan ou du Heilongjiang, l'ancienne Mandchourie. Tous seront rejetons de familles nécessiteuses, révolution rouge oblige. On n'a sur ces hommes que des notices aussi autorisées que succinctes et il est probable que leurs vies furent des plus ordinaires jusqu'à ce qu'ils commencent l'alpinisme. Un ordinaire de guerre tant, leur enfance durant, la Chine n'est qu'un immense champ de bataille. Les nationalistes de Tchang Kaï-chek et les communistes de Mao s'écharpent quand ils n'affrontent pas ensemble l'envahisseur japonais. La période est dite « de confusion » par l'histoire chinoise, un euphémisme. L'adolescence de Xu Jing fut rythmée par les luttes intestines, dans les ruines d'un empire dépecé par les puissances coloniales.

On ne sait rien de Xu Jing avant ses débuts en montagne. Les brèves biographies reprises par tous les médias, tous les livres, commencent et s'achèvent à l'Everest. La première photo qu'on ait de lui ne le montre même pas en Chine. C'est un cliché en noir et blanc de bonne facture, effectué à Moscou en juin 1955. Il a vingt-huit ans déjà et ils sont quatre sur le papier mat, quatre jeunes Chinois posant candidement devant les tours du Kremlin. Cubains, Congolais, Albanais et des milliers de maoïstes viennent alors faire leur université à Moscou. L'URSS apporte une assistance intéressée à la naissance de la Chine populaire comme au reste de la galaxie socialiste. Mao vient de lancer un premier plan quinquennal calqué sur ceux de Staline, avec l'appui d'innombrables conseillers soviétiques. Les deux pays ont signé un traité d'alliance et d'assistance mutuelle. Dès lors, tout vient de Russie, des plans d'usine jusqu'à la Constitution en passant par les chants militaires, plagiés et traduits. Xu Jing et ses futurs compagnons de cordée ne peuvent manquer de s'immortaliser sur la place Rouge.

Xu Jing se trouve au premier plan et presque au centre. Il est le seul à ne pas arborer de cravate. Sa chemise s'épate en un col blanc et des breloques sont épinglées sur sa veste tandis que des stylos dépassent de sa poche. Il sourit plus volontiers que les autres, sous une frange exemplaire peignée de côté. Je crois que je l'ai trouvé avenant. S'il n'est pas le nom que la postérité a retenu, c'est que cette dernière est d'une injustice crasse. Xu Jing a été de tous les coups de l'himalayisme maoïste, de ses prouesses et de ses drames, de ses énigmes aussi... À Moscou, il achète avec ses futurs compagnons de cordée quelques souvenirs, de la « vaisselle en plastique » notamment – confidence amusée de Russes qui les accompagnaient. L'URSS leur apparaît riche et radieuse. Le communisme est l'évidente voie vers une prospérité partagée, l'exemple à suivre.

Ils ne sont néanmoins pas là pour faire du tourisme socialiste. Pas plus qu'ils ne sont élèves ingénieurs ou apprentis métallurgistes comme la plupart de leurs compatriotes venus se former en URSS. Non, eux sont venus acquérir un art étrange, « un sport dont nous n'avions jamais entendu parler », avouera Xu Jing dans un rare entretien et sur ses vieux jours. Cette discipline, c'est l'alpinisme, ou *dengshan yundong* en chinois. L'expertise prodiguée par le « grand frère » soviétique s'étend jusqu'aux cimes. Pékin assure pourtant ne pas avoir été à l'initiative en la matière. Dès 1954, le comité central des syndicats de l'URSS aurait lui-même proposé à son homologue chinois de préparer des expéditions communes. Les chroniques russes sont vagues, employant toujours le terme « invités » dès lors qu'ils iront grimper au Tibet. Moscou avait un intérêt concret dans la formation de Xu Jing et de ses camarades. L'aide alpinistique à la Chine n'eut jamais qu'un but : l'Everest et la naissance d'un himalayisme socialiste.

Ils partent de très loin, de zéro en vérité. C'est peut-être toute la beauté de leur épopée. L'« impérialiste » sir Edmund Hillary et le sherpa Tenzing ont vaincu pour la première fois l'Everest deux ans auparavant. Xu Jing, lui, n'a encore jamais vu l'ombre d'une paroi. Il serait même bien en peine de citer quelques éminences himalayennes, de les reconnaître. Tout juste a-t-il ouï dire que cette cime dépassant toutes les autres fait pour moitié partie de son pays. Dans la Chine des années 1950, il n'existe aucun ascensionniste, personne. Le chemin vers le toit du monde commence ici, dans l'anonymat, sur cette place Rouge et cette photographie souvenir. L'alpinisme chinois est né d'un oukase, pas d'une passion. Il grandira au forceps. Xu Jing apprendra à aimer les montagnes.

Et en guise d'initiation, le Caucase. Ils sont douze hommes à prendre le train vers Piatigorsk où ils parviennent le 23 juin 1955 avant d'emprunter les pistes sinueuses qui remontent les vallées sombres. L'un d'eux se remémorera dans un livre très officiel et trop impersonnel les Kabardes travaillant le bois, vêtus de manteaux de fourrure et coiffés de feutres, la pipe à la bouche. Des gamins leur proposent de troquer des pommes contre leurs cigarettes. « Il y a partout une forêt primaire dense, et de nombreux camps d'alpinisme y sont construits », se souvient l'auteur. Rares observations que l'on glane avidement entre les slogans politiques, les chiffres et les dates. On n'a pas affaire à des poètes et ces hommes-là n'ont rien laissé ou presque. « C'étaient des gens modestes, des travailleurs, des mineurs, des soldats, ils ne lisaient pas les vers de Li Bai et de Du Fu, mais on sentait en eux une très ancienne culture de collectivisme », écrira après la chute de l'URSS un des Russes qui les encadraient.

Xu Jing et ses camarades représentent un prolétariat ultra-politisé aux antécédents exemplaires. Lui a été admis en 1953 au Parti communiste. Un préalable impératif à leur envoi en URSS et une qualité *sine qua non* pour l'ascension des cimes. Leurs capacités physiques comme intellectuelles passent au second plan. Mao aura à ce sujet cette formule : « Les experts doivent être rouges avant d'être experts. » On s'est contenté de choisir des ouvriers en forme dans les usines et des maoïstes zélés dans les syndicats. De ce que j'ai pu retrouver, cinq Tibétains auraient également dû faire partie de cette première délégation mais n'ont hélas pu rejoindre Pékin à temps pour le départ. Lhassa est encore enclavée sur les plateaux et c'est l'explication officielle à cette absence remarquée. Seuls des Han, l'ethnie chinoise majoritaire, se préparent alors pour l'Everest. Ils partent de très loin mais leur dévouement à la cause est immense. Il en étonnera plus d'un.

Et malgré tout, pourquoi eux ? Comment ont-ils été sélectionnés parmi le demi-milliard qui peuple alors la Chine et les centaines de milliers d'encartés au Parti ? Ont-ils démontré leur bravoure dans la lutte communiste ? Ont-ils réprimé les « nationalistes » avec zèle dans la foulée de la révolution ? Il y a de fortes chances pour que ces jeunes aux gueules d'anges aient semé la terreur sur les places publiques et dans les tribunaux populaires. « La révolution n'est pas un dîner de gala. C'est un acte de violence par lequel une classe en renverse une autre », dira encore Mao. Xu Jing a sans doute prêté main-forte aux campagnes d'élimination des éléments bourgeois. Il y a peut-être gagné des galons. On prend peu de risques à supposer cela.

Xu Jing est invariablement présenté comme « cadre syndical » ou « chercheur en sécurité du travail ». On sait qu'un autre était journaliste sportif, qu'un troisième parlait correctement le russe et que cet atout a été suffisant pour le qualifier, du moment qu'il était membre du Parti. Certains pratiquaient le ping-pong et le badminton. Xu Jing était sans doute un coureur du dimanche. C'étaient ces hommes-là qu'on jugeait assez affûtés, qu'on envoyait acquérir les techniques soviétiques afin de porter le drapeau rouge sur les cimes himalayennes. Qui aurait alors parié un yuan sur ces novices n'ayant jamais vu ni glacier ni paroi ? Personne et pas même les Russes, atterrés par les éléments qu'on leur dépêchait.

Le camp de Baksan que Xu Jing et ses camarades rejoignent les accueille d'un « Salut à nos frères chinois ! » tandis que quatre jeunes filles leur offrent des brassées de fleurs. Gageons qu'elles sont blondes comme les blés et qu'elles font impression sur nos maoïstes empotés, fraîchement sortis de leurs provinces chinoises. Une vaste tente leur est attribuée parmi les dizaines de toits de toile alignés au cordeau et qui abritent un demi-millier d'alpinistes venus de toutes les républiques socialistes. L'URSS encourage massivement ses citoyens à crapahuter par les montagnes. Il faut imaginer ces quelques Chinois débarquant de leurs plaines agricoles arriérées, profanes au milieu d'une jeunesse aguerrie. Autour d'eux, les sommets abrupts et froids derrière lesquels bascule le soleil. Les voilà au pied du mur.

Ils s'écroulent de sommeil. Au matin, une musique réveille le camp. En guise de petit déjeuner, de la kacha et autres aliments dont ils n'ont guère le goût et l'habitude. Puis c'est le premier cours, sous la direction d'un ouvrier de Leningrad, Evgueni Beletski. Un alpiniste en vue, héroïsé pour avoir ôté le drapeau nazi du sommet de l'Elbrouz durant la Seconde Guerre mondiale. Il enseigne à ses recrues que l'alpinisme doit développer le corps et l'esprit collectif sans oublier de servir la science, la construction économique et la défense nationale. Voilà pour la théorie. Xu Jing et les siens passent ensuite par l'école de glace, où ils acquièrent les rudiments techniques de l'époque. Les Soviétiques sont rompus aux exigences de l'altitude. Dans les rares échos qui nous sont parvenus, Xu Jing et ses compagnons jugent leurs instructeurs très stricts. Ils souffrent, persévèrent et s'en remettent à la géniale pensée de Mao.

Au terme d'un mois d'exercice, les voici titulaires d'une sorte de diplôme. Un de ces papiers qui ponctuent les existences socialistes. Félicitations ! Ils sont les premiers alpinistes qu'ait jamais connus la Chine ! De parfaits néophytes en vérité, et il est temps de passer aux choses sérieuses. Quatre d'entre eux sont choisis pour gagner le Pamir, à l'autre bout de l'URSS, dans la lointaine république du Tadjikistan. Xu Jing en est évidemment. C'est un élève prometteur, un des moins mauvais. Gravir les cimes est une activité qui éveille chez lui, au-delà de la politique, quelque chose comme de l'intérêt. Qu'importe, d'ailleurs. Il n'a d'autre choix que d'aimer ce qu'on lui ordonne d'exécuter et le voilà qui traverse désormais les déserts d'Asie centrale.

Après le Caucase, il découvre les peuples tadjik, kirghiz et ouzbek. L'URSS comme la Chine populaire est une mosaïque d'ethnies. Si les Slaves dominent ici, chez lui, ce sont les Han, dont il fait partie qui incarnent le gentilé « chinois ». Les voilà ballottés par les cahots des pistes interminables de la chaîne de l'Alaï. Leur Chine natale est frontalière, toute proche, mais l'heure n'est pas venue de la revoir. A-t-il une fiancée au souvenir de laquelle il s'émeut ? Les expéditions sont des entreprises de longue haleine et d'absence prolongée. On y oublie le monde d'où l'on vient, on relègue ceux que l'on aime à une vie antérieure et lointaine. On contemple le soir ces glaciers écrus, si hauts qu'ils ne s'éteignent qu'aux derniers rayons. Xu Jing découvre que les grandes épopées ont leur morne quotidien, comme les grands espaces, leur ennui. Sait-il à ce moment-là que cette routine sera son existence ?

Un camp de base est installé vers la fin du mois de juillet 1955, à 4 200 mètres. On y observe des argalis, les mouflons de ces régions et peut-être y fredonne-t-on le soir cet air alors en vogue : *Russes et Chinois, frères pour l'éternité... On entend sur la Volga les flots du Yangtsé...* Puis les acclimatations au-dessus de 5 000 mètres provoquent chez Xu Jing et ses camarades leurs premiers maux. L'expédition est dirigée par Evgueni Beletski et compte aussi Kirill Kuzmin, un autre as de l'alpinisme soviétique. Ces deux-là rêvent de conquérir l'Everest, mais pour l'heure il s'agit de réaliser la première ascension d'un sommet anonyme culminant à 6 690 mètres. Les quatre Chinois encadrés par quatorze Soviétiques l'atteignent le 15 août par l'arête est. Dans l'air froid, Beletski et Kuzmin proposent de le baptiser pic « Edinstva » – pic de l'Unité –, un nom très socialiste pour célébrer le spectaculaire rapprochement entre les deux géants. Ne se trouvent-ils pas au centre de cette Eurasie devenue le continent du communisme ? Xu Jing et ses acolytes serrent les mains de leurs « grands frères ». Ils contemplent éberlués le paysage immaculé, au premier plan duquel le fameux pic Lénine. Peut-être distinguent-ils le Mustagh Ata, de l'autre côté de la frontière, dans la région ouïghoure de Chine.

Ils bivouaquent cette nuit-là sur un col vertigineux et le lendemain, après quatre heures d'effort, traversent vers le pic Octobre et ses 6780 mètres. La cime a été baptisée en commémoration des trente-cinq ans d'Octobre rouge. C'est un premier record d'altitude pour le quatuor chinois. Mao se livrera à une métaphore facile avec les sommets de l'avenir. Xu Jing est durement éprouvé mais il aime ce qu'il voit ; les forêts de cimes, les nuages qu'on toise et ce pic Lénine vers lequel continuent les cordées de Kuzmin. Lui et les siens ne sont pas encore capables de suivre mais « leur obstination exceptionnelle et leur volonté de vaincre portèrent dès cette première expédition leurs fruits », saluera un de leurs compagnons russes. Le défi était de taille : « Ils réalisaient des ascensions à près de 7000 mètres, l'année de naissance de l'alpinisme chinois... »

Liu Lianman, mendiant des cimes

À l'époque, en Occident, circule une étrange rumeur. Le *Times* a rapporté qu'une expédition soviétique s'est cassé les dents sur le versant nord de l'Everest à l'automne 1952. Le célèbre journal britannique rentre même dans les détails. L'expédition était composée de trente-cinq alpinistes dirigés par un inconnu au nom arménisant, un certain Pavel Datschnolian. Après avoir dépassé les 8000 mètres, cinq membres auraient été emportés dans une avalanche... Les dictatures communistes révèlent rarement leurs échecs et ne vantent leurs succès qu'*a posteriori*. Ce scoop anglais s'avéra pourtant un faux grossier. La médisance occidentale rivalise parfois avec la propagande communiste.

En 1956, en réalité dix des quatorze plus hauts sommets de la Terre sont tombés sans qu'aucun alpiniste socialiste en ait même approché un seul. Les nations « capitalistes » se partagent seules la gloire des premières himalayennes. Népal et

Pakistan distribuent des permis d'ascension au compte-gouttes, la géopolitique complique les expéditions. L'URSS n'a guère accès aux 8000… Or, depuis qu'elle a envahi le Tibet, la Chine contrôle les vallées nord de l'Everest. Des versants théâtres de nombreuses tentatives infructueuses. Les Soviétiques veulent combler leur retard autant que marquer l'Histoire. Evgueni Beletski, qui a formé Xu Jing l'été précédent, estime que cette face septentrionale constitue désormais le « problème numéro un » de l'alpinisme mondial, le Graal. Quant à la Chine, elle ne peut rester les bras croisés dans son pré carré. L'Everest permettrait de parachever symboliquement l'annexion du Tibet.

L'alliance est une évidence et un an après les premiers pas de Xu Jing au Caucase, deux guides russes débarquent à Pékin. Un centre d'entraînement est inauguré au printemps un peu à l'ouest de la capitale, au pied du mont Hutou. Afin de composer une « équipe nationale », on y convoque « des ouvriers, des mineurs de tout le pays, des étudiants, des géologues, météorologues et autres soldats ». La propagande affectionne ces panels professionnels mêlant prolétariat et progrès. L'Everest doit être conquis par le peuple et non, comme l'ont fait les Anglais, par la bourgeoisie anoblie. Les organisations syndicales ont dépêché des télégrammes dans toutes les usines du pays, chez les cheminots, dans les corons, aux instituts, aux corps d'armée. « Envoyez volontaires sportifs – stop – éléments idéologiquement irréprochables – stop – … », quelque chose de ce goût. Des messages assez sibyllins mentionnant vaguement le mot « alpinisme » mais jamais l'Everest ni même le Tibet. Il faut d'abord écrémer parmi ces hommes affluant de tous les coins de Chine. Ce sera la tâche de Xu Jing, déjà promu formateur.

Parmi les ouvriers qu'on a convoqués, un certain Liu Lianman. Lui non plus n'est pas une évidence. Il se retrouvera pourtant quelques années plus tard avec Xu Jing, dans une tente vers 8 500 mètres d'altitude, et jouera un rôle ahurissant dans l'expédition à l'Everest. Mais qu'ils partent de loin ! Liu Lianman n'a jamais connu de neige que l'hiver, dans la Mandchourie où il a grandi. Une région de taïga austère et froide que la révolution s'acharne à défricher à grand renfort de condamnés. Quelque chose comme le Nord chinois où beaucoup d'alpinistes seront recrutés à cause du climat et sur la foi d'une étude incongrue. Des scientifiques auraient démontré une meilleure acclimatation à l'altitude chez les sujets des hautes… latitudes.

Liu Lianman est de ces cohortes redevables en tout à l'avènement du communisme et il y sera fidèle jusqu'au bout. Son enfance parle pour des millions. Il est né à la fin de l'année 1933 dans un village du Hebei empreint de Chine ancienne, entre les rizières, un arbre sacré et, à qui sait lire le paysage, un dragon. Le père est mort d'épuisement malgré l'encens brûlé au temple. Ils sont six orphelins à trimer aux champs et à ramasser du bois de chauffage. La biographie officielle de Liu Lianman, peuplée de trous noirs, suggère que leur mère finit par mendier. Il n'y a aucune raison de ne pas y croire. L'époque est misérable et Liu Lianman a huit ou neuf ans quand il erre de hameau en village à travers une Chine dévorée par les combats et les famines. Les feuilles, les écorces, les légumes sauvages, il ne restait plus rien à se mettre sous la dent.

Le pays est alors sous occupation nippone. Les nationalistes de Tchang Kaï-chek mènent la résistance aux côtés de leurs ennemis communistes. L'occupation est cruelle, les Japonais font fi des lois de la guerre. Leurs troupes pillent, les habitants fuient quand ils ne sont pas massacrés. Les historiens parlent d'une vingtaine de millions de morts. En 1945, l'intervention soviétique en Mandchourie chasse l'occupant et les factions maoïstes s'établissent dans cette région septentrionale. Elles volent de succès en victoire dans une guerre devenue civile. Mao prend le pouvoir à Pékin en octobre 1949 – toutes les révolutions rouges ont lieu en octobre. L'armée de Tchang Kaï-chek, elle, se réfugie sur l'île de Taïwan.

Liu Lianman et les siens s'installent un peu au sud de Harbin où ils reçoivent des terres et un cheval, fruits de la première réforme agraire. Liu devient pâtre dans les collines de Mandchourie. Ce n'est pas son bétail mais ses propriétaires tremblent désormais devant les nouveaux maîtres du pays. Voilà le récit officiel de son enfance copié-collé partout dans les articles sur la conquête de l'Everest. On insiste sur la modestie sociale des héros et le rôle incontournable de la révolution. J'allais me contenter de ces quelques lignes quand quelqu'un m'a transmis un texte depuis la Chine. Un livre édité à très peu d'exemplaires dont j'ai reçu les pages photographiées une à une depuis une bibliothèque du Sichuan. Je ne crois pas qu'il soit passé à l'étranger auparavant. Une sorte d'autobiographie dont le titre en mandarin était doublé en anglais d'un prometteur *The Story of a Mountaineer.* La vie de Liu Lianman, racontée par lui-même. Un document inespéré publié au tournant des années 2000.

Continuons donc selon les dires de Liu Lianman en personne. N'est-il pas le mieux placé pour nous conter son existence ? En 1951, il quitte les champs pour s'engager dans l'usine mécanique et électrique de Harbin. Il y fait du gardiennage, fièrement accoutré d'un uniforme militaire et muni d'une arme de service. L'occasion de côtoyer des vétérans de la révolution et de la récente guerre de Corée. Ces hommes qui ont combattu les Américains l'impressionnent. Il s'intéresse aussi aux journaux bien qu'il soit notoirement illettré. On l'envoie alors étudier les subtilités des caractères chinois. Il n'aura suivi en tout et pour tout que quelques mois d'enseignement primaire dans son existence mais c'est tout entier le mérite du communisme.

En 1954, l'usine crée une unité de pompiers et envoie Liu Lianman se former à la lutte contre les incendies, des méthodes soviétiques, comme l'essentiel du progrès qui développe la Chine. Il adhère dans la foulée à la Ligue de la jeunesse communiste puis au Parti, qui « accroît [sa] conscience politique ». De quoi le propulser quelque chose comme commissaire de sa brigade. « Quand le Parti aura besoin de ma vie, je n'hésiterai pas », se souvient-il d'avoir professé alors. Pour lui comme pour beaucoup de déshérités, la révolution est l'unique salut. Et de citer un proverbe chinois qui suggère de penser à la source quand on boit de l'eau. Liu Lianman sera éternellement reconnaissant à Mao. Il bâtira le communisme à coups de piolet, et pas seulement : « Nous ne nous arrêterons pas tant que les anciens riches ne seront pas anéantis. »

C'est un jeune homme vigoureux qui pratique le basket-ball avec l'équipe de son usine et ne rechigne pas à l'haltérophilie. Il brille lors des compétitions prolétaires, se fait remarquer lors d'un tournoi de lutte. Aussi, lorsque la Fédération nationale des syndicats s'adresse à toute la Chine pour recruter de futurs grimpeurs, sa direction le recommande chaudement. Il part sur-le-champ. « J'ai mis ma femme chez sa mère, à la campagne », se souvient-il. Le voilà dans un train qui traverse des villages archaïques. Le dénuement n'est pourtant plus une fatalité. On bâtit désormais une Chine nouvelle qui dépossède et châtie les « droitiers » avec la certitude d'un monde meilleur. La moitié des terres agricoles du pays ont été confisquées. Le pays est sur les rails de la collectivisation et les protestataires forment les premiers contingents du laogai, ces tristement célèbres « camps de rééducation », inspiré des goulags soviétiques. Un archipel concentrationnaire peu connu en Occident, fait de travail forcé et d'autocritique sans fin.

Pour Liu Lianman, tout est nouveau. Il n'a jamais voyagé, sinon sur les grands chemins, en pauvre hère. Il voit Pékin pour la première fois. Il se précipite vers la place Tiananmen – ils feront tous cela en débarquant de leurs provinces – avant de se présenter à l'adresse indiquée, en grande banlieue de la capitale. L'objet de cette mission lui est encore tout à fait mystérieux mais il aura au moins vu la porte de la Paix céleste d'où, sept ans auparavant, Mao Zedong a proclamé la République populaire de Chine.

Si Liu Lianman n'a pas vu les troupes soviétiques libérer la Mandchourie, alors ses formateurs russes sont les premiers Européens qu'il aperçoit. Une autre morphologie, une langue exotique, des goûts culinaires douteux. À leur tour, ils inculquent les rudiments aux néophytes.

Certains n'ont jamais vu d'éminences, même modestes. La plupart ne savent rien du vertige ou des déserts froids. Ils ignorent qu'on puisse gravir des cimes et jusqu'au mot « alpinisme ». Ils s'imaginent du Tibet ce qu'on colporte de rumeurs à son sujet : les habitants y sont crasseux, barbares, primitifs et benêts, soumettent leurs existences à mille superstitions naïves sous la coupe d'un dieu-roi nommé dalaï-lama. Eux sont nés dans les plaines humides, au bord de la mer Jaune peut-être, dans les collines de Mandchourie au mieux, et partout un soleil appelé Mao y chasse l'ordre ancien dans le sillage de la révolution.

Personne n'avait imaginé que cette dernière atteindrait de tels sommets. Pas un n'a jamais songé à se hisser au-dessus de 8000 mètres. À quoi bon d'ailleurs ? Est-ce que quelqu'un a déjà rêvé de cet enfer ? Le Parti vouera leurs vies à la montagne. Ils seront alpinistes malgré eux. Qu'auraient-ils fait de mieux de leur liberté ? Ils ne savaient rien du monde d'en haut. Ils ignoraient qu'il pût y avoir une raison de franchir les parois, une joie même. C'est une des lumières que j'ai vues dans ces vies minuscules auxquelles le Parti ouvrit un jour un horizon sans bornes. Auxquelles il proposa comme perspective les mers de nuages, plutôt que les champs ou l'usine.

Ils ne sont pas là par vocation, comme les autres alpinistes du monde. Comme ces Suisses – Schmied et Marmet – qui viennent en cette année 1956 de réussir la deuxième ascension de l'Everest, depuis le Népal. Leur annonce-t-on seulement la nouvelle ? Au bout d'un mois d'épreuves, trente-cinq hommes sont retenus par les Soviétiques assistés de Xu Jing. Les autres peuvent s'en retourner d'où ils viennent, à leurs fabriques, leurs études marxistes ou leurs sillons. Liu Lianman fait partie des heureux élus et la suite se déroule sur les pentes du mont Taibai, dans le Shanxi. Un sommet aisé et sec qui ne culmine guère qu'à 3 767 mètres. Une randonnée en somme, dans un paysage d'estampes peuplé de temples. Oui mais le grand poète Li Bai a gravi cette modeste éminence au VIIIe siècle, en quête d'inspiration. Manière d'insinuer que s'élever est une vieille tradition chinoise. On vous explique sans rougir dans certains ouvrages que l'alpinisme national est aussi vénérable que l'empire du Milieu. Que des routes de la soie à la Longue Marche de Mao, les Chinois n'ont cessé de franchir les plus hauts reliefs de l'Asie.

Comme pour Xu Jing, on a peu de photos de Liu Lianman. Celle où il paraît le plus jeune le montre en falaise, suspendu sur une échelle de corde. Une ample salopette arrondit toutes les saillies de son corps. On sent quelque chose comme de la détermination chez un gars simple et dévoué. La sangle d'un marteau est passée à son épaule, il pitonne la paroi. Son visage est un peu rond, joufflu sans exagération. Cela lui donne un air poupon. Il arbore une coiffure au bol qui faisait fureur alors. Au moins n'est-ce pas l'une de ces coupes mao aux tempes rasées qui succédaient aux nattes traditionnelles.

En juin, après un nouvel écrémage, il ne reste guère plus qu'une poignée d'hommes sur la centaine d'appelés. Liu Lianman rejoint Xu Jing dans ce groupe d'élite hautement novice. J'ai retrouvé un portrait de cette sélection de 1956, trop abîmé par le temps pour qu'on y reconnaisse les visages. Leurs tenues blanches uniformes tranchent avec les franges noires traversant les fronts de têtes encore juvéniles. Il semble qu'au premier rang, dans des costumes Mao sombres, soient mêlés responsables du Parti et formateurs soviétiques. En fond, on distingue des toits aux allures de pagode.

Voilà donc l'équipe d'alpinisme de l'Union des syndicats chinois ! Elle a tout à apprendre, et dès l'été c'est un nouveau départ vers l'URSS.

Liu Lianman embarque pour la première fois de sa vie dans un avion, destination Moscou. Avec les autres recrues, il survole la Sibérie dans un Tupolev et le président de l'association d'amitié sino-soviétique les accueille au Kremlin avant qu'ils visitent la capitale des Soviets. Comme Xu Jing l'année précédente, ils empruntent le spectaculaire métropolitain, s'ébahissent devant les vitrines du Goum puis se recueillent dans les mausolées de Lénine et de Staline, dont Khrouchtchev vient de dénoncer les crimes. L'URSS sort doucement de sa torpeur quand la Chine s'apprête à y plonger.

À leur tour, ils gagnent le camp où Xu Jing a débuté un an auparavant. L'alpinisme rouge, qu'il soit soviétique ou maoïste, aura eu pour école le Caucase. Les infrastructures, l'accès relativement aisé, les altitudes raisonnables en font un tremplin pour les vertiges de la Haute-Asie. Liu Lianman et ses camarades font leurs gammes sous la houlette des guides russes : école de glace, varappe, théorie. Et le soir après le dîner, on danse. Au terme d'une dure journée de montagne, confie Liu Lianman, une jeune Slave l'invite à faire quelques pas. Il refuse sous prétexte de ne savoir se trémousser…

Maoïstes et Soviétiques retraversent ensuite l'Eurasie, direction le Pamir. Il s'agit cette fois de ce que les Russes appellent le « Pamir chinois ».

Autrement dit la partie montagneuse de la région ouïghoure, aussi nommée Kunlun. Liu Lianman, Xu Jing et consorts vont enfin pénétrer dans les hauts massifs de leur propre pays. L'objectif est un volcan mythique dominant le plateau de ses 7546 mètres d'altitude: le Mustagh Ata ou « Père de toutes les cimes » en langue vernaculaire. Un colosse bien connu des géographes mais encore vierge. Les Anglais ont échoué à le déflorer juste avant l'avènement de Mao et la fermeture de la Chine aux étrangers. Une déroute impérialiste assurément, sur laquelle les alpinistes soviétiques ont insisté pour convaincre leur hiérarchie de la nécessité d'y monter. Le Mustagh Ata n'est-il pas l'occasion de démontrer la supériorité communiste ?

Ces Britanniques n'étaient autres que Bill Tilman et Eric Shipton, des noms célèbres que Liu Lianman entend pour la première fois. Ces Occidentaux-là ont écumé le monde et défriché l'Himalaya. Les Soviétiques ont traduit le récit de leur expédition avortée au Mustagh Ata pour mieux profiter des conclusions de ces explorateurs chevronnés. Il en ira de même à l'Everest où Tilman et Shipton les ont aussi précédés sans plus de succès. Ils n'en demeurent pas moins des pionniers irritants dont il s'agit de nettoyer la mémoire, afin que ne subsiste que la gloire socialiste et ne flottent plus que des drapeaux rouges.

L'expédition sino-soviétique parvient au Pamir via la Kirghizie socialiste. La route est ponctuée de postes de contrôle auxquels il faut montrer patte blanche. Une petite cérémonie a lieu à la frontière et les Chinois retrouvent leur « mère patrie ». Les montagnes de Kashgar, comme on les désigne aussi, ne ressemblent guère à leurs contrées natales mais la région a pris récemment le nom de Xinjiang ou « Nouvelles Frontières ». Les hommes atteignent le camp de base en camion par la steppe d'altitude. Liu Lianman retrouve Xu Jing. Ces deux-là formeront le noyau dur de cette équipe d'alpinisme mais je les crois très dissemblables. Liu Lianman est un paysan du Nord mal dégrossi tandis que Xu Jing est d'extraction urbaine, plus fin dans son allure comme son propos. Je n'ai jamais retrouvé mention d'un commentaire de l'un envers l'autre. Étaient-ils concurrents ? Hiérarchiquement, Xu fut toujours au-dessus de Liu, plus haut perché dans les arcanes.

Pour autant, l'expédition est dirigée par un certain Shi Zhanchun qui a découvert l'alpinisme avec Xu Jing, l'année précédente. Ils sont amis de longue date « grâce à leur amour du sport » et les épreuves de la très haute montagne s'apprêtent à les rapprocher encore. Rien ne prouve que Shi Zhanchun ait été plus fort ou plus habile que Xu Jing ni même Liu Lianman. Mais ce camarade-là jouit de la totale confiance du Parti. Il restera éternellement à la tête des expéditions maoïstes, au Mustagh Ata, à l'Everest et ailleurs. Dans l'himalayisme chinois, l'altitude que l'on prend au sein de l'appareil prime celle du terrain. Shi Zhanchun a été admis au Parti dès 1946, avant même la victoire finale des troupes de Mao. Son énigmatique biographie le brosse en chef de la propagande aux chemins de fer de Mandchourie où il était mécanicien, avant d'intégrer la fédération des syndicats. S'il est ardu de retracer l'itinéraire de ces militants, il semble limpide que Shi Zhanchun a été compagnon de la révolution. Il fait partie des élites rouges. Xu Jing sera son éternel bras droit et Liu Lianman, premier de cordée.

Côté soviétique, l'équipe est dirigée par ce Beletski qui supervise depuis le début la formation des Chinois. Les décisions bilatérales sont prises au sein d'un conseil sino-russe « parfaitement démocratique », nous dit-on. La supériorité des invités leur donne malgré tout l'ascendant. Ils convoitent depuis longtemps ce Mustagh Ata visible par beau temps depuis le Pamir tadjik. Ce sont eux qui mènent la danse. Tout l'équipement vient d'URSS. Les hôtes ne fournissent guère que la viande, le lait, quelques fruits et légumes pour le camp de base. En altitude, ils se nourrissent des conserves made in USSR, dorment dans les tentes quatre places de 4,4 kilogrammes de « grands frères » et revêtent leurs vestes en plumes d'eider. Beletski communique directement par radio avec Osh, au Kirghizistan soviétique.

Tout cela, on l'apprend de sources russes. Mais côté chinois, que sait-on ? Qu'ils portent des chaussures « hautes jusqu'aux genoux ». Que le froid est insupportable, qu'ils s'enfoncent dans la neige. Je n'ai retrouvé que quelques brèves réminiscences. Le ton est naïf, les remarques prosaïques, la vue courte, l'expérience nulle. On sait de Liu Lianman qu'il est pudique et timide, particulièrement aux veillées. Les prolétaires sélectionnés par le Parti ne sont pas des lettrés. Ils ne racontent rien, ils n'y songent même pas et n'en auraient de toute manière pas le loisir. Ces hommes sans moyens ni volonté de postérité ne se plaignent ni ne se vantent dans la grande Histoire. Ils ne témoignent pas. Des rapports le feront pour eux, dans un style grandiloquent. Je n'ai jamais pu lire d'eux que des bribes, lâchées des décennies plus tard entre quelques considérations sur la gloire de la nation : « peu à manger, quelques sucreries et une tasse de thé », dans le vent glacé.

Le secteur est mal cartographié mais des reconnaissances aériennes ont préparé les opérations. L'ascension est techniquement aisée. Le Mustagh Ata est un vieux volcan dégoulinant de glaces. Sur ses pentes, les Soviétiques mènent d'une main de maître leurs apprentis maoïstes, et le 30 juillet 1956 ils sont trente et un à s'accumuler au sommet. Xu Jing, Liu Lianman et le chef Shi Zhanchun en sont, ainsi que six autres compatriotes. Les dix-neuf autres sont russes, kazakhs ou de quelque république soviétique. C'est le genre de record qu'affectionnent les partis communistes. Qu'on se rende compte ! Jamais il n'y a eu tant de cordées simultanément à cette altitude dans l'histoire de l'alpinisme ! Les drapeaux rouges des deux géants socialistes claquent dans les rafales. Si le ciel est suffisamment dégagé, ils distinguent peut-être le K2, deuxième plus haut sommet de la Terre, à trois cents kilomètres au sud, en territoire pakistanais. Il a été conquis par des Italiens deux années plus tôt...

L'expédition aurait été filmée, mais seuls quelques clichés nous sont parvenus. Xu Jing y est coiffé d'un bonnet rayé, alors en vogue en URSS. Même les couvre-chefs viennent de là-bas. Dans les articles que ces rares images illustrent, les auteurs russes vantent abondamment le « sens du devoir » des Chinois. Premiers indices de cet alpinisme maoïste laborieux, aux accents quasi fanatiques. Les Soviétiques sont plus prolixes que leurs camarades orientaux et tant qu'ils accompagneront les maos, on a la garantie de quelques précieux commentaires. D'ailleurs ils sont ravis d'être allés aussi haut. Le Mustagh Ata surpasse en altitude leur propre pic Staline ! Les voilà qui dévalent à ski les pentes du volcan tandis que leurs hôtes rebroussent chemin un pied devant l'autre. Liu Lianman et Xu Jing n'apprendront jamais cet art-là. Pékin n'a que faire des joies de la glisse, Mao n'a besoin que de drapeaux sur les sommets nationaux. Réunie au camp de base, l'Internationale alpinistique se remet de ses efforts avec ce que fournissent les bergers alentour. Le récit officiel met en scène une yourte où on se gave de viande dans une amitié des peuples théâtrale. Le rôle des autochtones est cantonné au folklore. Des Ouïghours bien évidemment reconnaissants envers leurs « libérateurs » que le « père de toutes les montagnes » ait été dompté par l'homme nouveau.

Un homme nouveau qui ne s'arrête pas en si bon chemin. Quelques jours plus tard, le Russe Kirill Kuzmin part à la conquête d'un pic voisin, plus vertigineux encore, le Kongur Tiube et ses 7530 mètres. L'ascension a lieu cette fois en petit comité. Les Soviétiques font la trace dans une neige profonde et un vent infernal. Les Chinois sont derniers de cordée. Liu Lianman semble le seul de nos trois héros à participer. Il est quelque chose comme porteur d'altitude et l'opinion générale loue sa « grande énergie ». Je crois néanmoins qu'il ne va pas jusqu'au sommet. Pour lui, l'expédition se terminera dans le sillage d'un « grand Soviétique qui marche très vite » et « ramasse des pierres ». Liu Lianman est chargé de porter les échantillons que collecte le scientifique. Il croule sous le poids de la science et le prix du progrès.

Enfin, les « grands frères » repassent la frontière tandis que les alpinistes chinois gagnent Kashgar, emblématique cité des routes de la soie. Ils sont accueillis en héros et visitent le tombeau de la concubine parfumée, un mausolée islamique phare du Turkestan oriental. Puis c'est un avion vers Urumqi et Pékin où une cérémonie les attend dans le grand Hall du peuple. On décerne à Shi Zhanchun, Xu Jing, Liu Lianman et leurs camarades médailles, certificats et une prime de deux cents yuans. C'est la première ascension en territoire national. Le maréchal He Long en personne les reçoit pour les congratuler. L'homme est l'un des personnages les plus prestigieux du régime, compagnon de Mao durant sa Longue Marche. C'est lui qui va superviser le projet à l'Everest.

Minya Konka

1957. La construction du communisme a été l'affaire de quelques années. Les entreprises ont toutes été placées sous tutelle de l'État, qui les nourrit de ses commandes. L'apparition des fermes collectives vient parachever la « fin du capitalisme ». Les résultats tardent néanmoins à couronner ces grandes réformes et, devant le mécontentement qui sourd, Mao se résigne à laisser s'exprimer la critique. Il prononce cette phrase célèbre : « Que cent fleurs s'épanouissent, que cent écoles rivalisent ! » Le Parti veut bien entendre les récriminations qui s'étalent dès lors sur ces journaux muraux appelés dazibaos, dans les universités et jusqu'au fin fond des campagnes. Le régime serait-il prêt à faire son introspection ? L'intelligentsia s'engouffre avec ferveur dans cette brèche qui coïncide en URSS avec la déstalinisation.

Alors que des voix s'élèvent contre les privilégiés du nouveau système et réclament plus de démocratie, Liu Lianman est retourné en Mandchourie, dans son usine de moteurs électriques. Il a raconté à ses collègues ses ascensions au Caucase, la magnifique Moscou, l'avenir radieux qui attend la Chine nouvelle et les vertiges du Mustagh Ata. Il est fier et reconnaissant. S'attend-il à reprendre le chemin des cimes ? L'espère-t-il ? Les chaînes d'assemblage sont le seul et unique horizon de ses camarades ouvriers. L'automne a passé tout entier et les neiges recouvrent la Mandchourie quand Liu Lianman reçoit une convocation. On le réclame à Pékin pour le début du printemps. La fédération panchinoise des syndicats organise sa première expédition nationale, sans les « grands frères » soviétiques. Il est temps de s'encorder entre maoïstes pour réaliser une ascension sino-chinoise, un exploit fondateur.

Liu Lianman retourne à la capitale, se demandant bien à quelle montagne il est cette fois promis. Il retrouve avec joie ses camarades de cordée. Sans surprise, Shi Zhanchun dirige l'expédition et Xu Jing le secondera. Tous montent dans un train au mois de mars pour le Sichuan. On vient d'y incorporer le Tibet oriental, appelé Kham, où le maréchal He Long est membre du bureau politique. Les autorités de tout rang ont ordre de faciliter leur voyage. À Chengdu, ils profitent de leur passage pour admirer l'ancienne résidence d'été des empereurs de Chine. Ils exercent quelque temps leur forme physique avant de rejoindre Kangting, chef-lieu de la région autonome tibétaine de Kanze. Ils en repartent en camion par la piste funambule et stratégique qui rejoint désormais Lhassa. Les Chinois l'ont construite en un temps record, mobilisant des « groupes de volontaires ».

À Yingkwanchai, les responsables locaux leur fournissent quatre-vingts chevaux et yacks de bât. Les voilà au Tibet oriental, une région de hautes montagnes, prélude aux plateaux. Leur objectif est une cime solitaire, à l'écart des 8 000 mètres himalayens mais longtemps tenue pour le toit du monde. On sait désormais qu'elle culmine plus modestement à 7 556 mètres. Les Tibétains l'appellent Minya Konka, qui signifie banalement « neige, glace ». Les Chinois, eux, l'appellent Gongga Shan. Deux toponymes pour un même sommet dans une contrée peuplée des uns comme des autres. Les premiers habitent majoritairement les vallées se dessinant à l'est quand les seconds sont sur les flancs occidentaux. Le Minya Konka fait office de gigantesque borne civilisationnelle souvent cachée dans les nuages. Avec lui s'achève cette Chine au climat tempéré humide.

C'est logiquement ici qu'a débuté l'invasion, quelques années auparavant. Ou, selon Pékin, la « campagne de pacification du Tibet ». En octobre 1950, dans la foulée de la révolution, quarante mille soldats se sont enfoncés dans ces massifs reculés pour écraser la maigre armée du dalaï-lama. Le tir à l'arc et les vieilles pétoires ne pouvaient rien contre les mitraillettes communistes. L'Armée populaire de libération a ensuite poursuivi vers Lhassa, ne s'arrêtant qu'à deux cents kilomètres de la ville sainte. On connaît la suite de l'histoire. Le jeune dalaï-lama – seize ans ! – fut intronisé en urgence pour négocier avec les généraux de Mao. Ils le contraignirent à renoncer aux piles de coussins le plaçant au-dessus des mortels.

Les prisonniers tibétains ont reçu des livrets expliquant par le menu cette nouvelle idée nommée « socialisme », avant d'être libérés pour le propager. Les régiments ne venaient-ils pas délivrer les Tibétains du joug tyrannique du dalaï-lama ? L'accueil de la population n'est dans un premier temps pas trop hostile. Le Tibet a toujours existé dans une géographie politique faite de marches et d'allégeances, de frontières floues, et divisée en régions plus ou moins unies, avec leurs rivalités, leurs bandits, leur corruption. Le Kham était connu pour son insoumission et son aversion envers la tutelle de Lhassa. Certains appelaient même le communisme de leurs vœux après le passage de la Longue Marche de Mao.

Xu Jing, Liu Lianman et leurs compagnons doivent désormais poursuivre à pied et à cheval par des sentiers suspendus où les bêtes manquent chaque fois de chuter. J'ai retrouvé le récit officiel de ces tribulations : *La Conquête du Minya Konka*. Il n'était consultable que dans une poignée de grandes bibliothèques européennes. J'ai fini par en acquérir un exemplaire sur la seule foi de son titre à un bouquiniste américain, sans trop savoir ce que j'y dénicherais. J'ai reçu un petit livre en anglais, traduit pour les besoins de la propagande d'alors aux Foreign Languages Press de Peking. Sur la couverture, un dessin très sobre d'une montagne blanche plantée d'un drapeau rouge ne laissait guère de suspense quant à l'issue des événements.

Le récit est signé Shi Zhanchun, comme l'essentiel de la littérature alpinistique maoïste. Le chef de l'expédition y qualifie le Minya Konka de « plus haut pic de l'intérieur de la Chine », tout en expliquant que ces régions restent mal explorées. Il s'agit d'ancrer fermement cette montagne dans la géographie nationale en réalisant son ascension. Le groupe est guidé par trois Tibétains « bien burinés » dont ils deviennent rapidement des « amis fidèles ». D'après Shi Zhanchun, les locaux viennent spontanément offrir leur aide et de la nourriture à la caravane. « Ils apportèrent deux petits cochons qu'ils avaient menés neuf jours sur plus de cinquante kilomètres. » Les Chinois adorent la viande de porc et les voilà qui « s'attachent profondément à ce peuple modeste, franc, sensible et chaleureux » dont ils respectent bien entendu religion et coutumes. On leur passe des *hata* autour du cou, ces écharpes de soie blanche, symbole d'amitié. Eux prodiguent briques de thé et premiers soins médicaux. Ils colportent le progrès jusque dans ces vallées éternelles. « Nous échangions et plaisantions, faisions des parties de chasse ensemble », ajoute encore Shi Zhanchun qui qualifie alternativement le Kham de « notre » ou de « leur » terre natale.

La caravane traverse un paysage de monts verdoyants ponctués de tentes de laine et de maisons blanchies à la chaux. Les yacks se dispersent sur les pentes, sous les cris des pâtres. Le sentier est encombré de troupeaux que des jeunes filles mènent à la traite en chantant des ballades. « Un peuple travailleur et heureux ! » s'enthousiasme Shi Zhanchun qui y va de son couplet sur la contrée avant sa « libération » : les habitants étaient miséreux voire cannibales. Mais grâce au Parti tout a changé, des usines ont poussé, des écoles sont nées, sans compter un hôpital, des commerces et de nouvelles techniques agricoles. « Ils évoquent le Parti communiste et le gouvernement populaire en des termes poétiques enflammés ! » s'exclame encore Shi Zhanchun. Les Tibétains, ces « frères ».

La réalité n'est pourtant pas aussi cordiale. L'expédition est sur le qui-vive. Dans son livre, rédigé bien plus tard, Liu Lianman ne cache pas que la caravane est armée de carabines M1 américaines et on se relaie chaque nuit pour monter la garde. Liu ne parle que de « bandits » concernant l'ennemi. C'est ainsi que la propagande désigne les Khampas qui se sont soulevés contre Pékin trois ans auparavant. L'arrivée des réformes agraires et des ingénieurs topographes a sonné le glas de la cohabitation pacifique avec les Chinois. Les Tibétains du Kham ne veulent pas de la redistribution des terres, de la collectivisation des troupeaux et des colons han. La haine de classe leur est un sentiment étranger. La révolte a d'abord explosé dans la ville de Kangting où a justement fait escale l'expédition. On a expliqué aux alpinistes qu'il s'agissait d'une contre-révolution de propriétaires et de serfs réactionnaires faisant obstruction à des politiques salutaires. Sans parler des impérialistes de la CIA qui équipent leurs commandos.

Les cavaliers attaquent les garnisons et ont coupé la piste vers Lhassa. La guérilla enflamme toute la région avec l'aide de Taïwan qui fournit du matériel militaire à une rébellion devenue générale. Les armes transitent par la région de l'Assam, en Inde, mais au compte-gouttes, et les Khampas harcèlent les troupes chinoises à travers le relief escarpé avec de vieux mousquets et des armes blanches. Les dix-huit divisions chinoises fauchent, elles, à la mitrailleuse, sans compter les avions Iliouchine et les Mig. L'année précédente, soixante-quatre jours durant, des milliers de personnes ont été prises au piège dans la cité monastique de Lithang bombardée au mortier ou depuis les airs. Partout au Kham, les temples ont été détruits, les moines humiliés, traînés par des chevaux et parfois brûlés vifs.

Liu Lianman et Xu Jing sont-ils au fait de ces atrocités ? Dans l'affirmative, ils n'en connaîtraient bien sûr qu'une version tronquée : les « droitiers » s'opposent à l'avènement du communisme, la religion est un « poison » et les lamas des exploiteurs. Une telle répression n'est-elle pas amplement justifiée par les nobles buts de la révolution ? En 1957, quand arrivent Xu Jing, Liu Lianman et Shi Zhanchun, les Khampas ont été repoussés dans les montagnes où ils reçoivent parfois des parachutages de matériel. On estime leur nombre à quatre-vingt mille et ils se sont eux-mêmes baptisés « soldats de la forteresse de la foi ». Des combattants qui n'ont d'autre choix que de se replier vers les hauts plateaux où le quatorzième dalaï-lama continue, lui, de prôner la non-violence.

L'expédition chevauche par les vallées presque désertes, franchit les torrents glacés, dort dans des paysages millénaires. La toundra d'altitude succède aux forêts et tout se passe sans accroc. Une nuit cependant, quelqu'un réveille brusquement tout le camp. Il a aperçu des lumières. Les hommes se lèvent en hâte, armes au poing, prêts à combattre jusqu'au dernier. Les lueurs réapparaissent, vacillent… Il ne s'agit que de lucioles ! Le genre d'anecdote que Shi Zhanchun s'abstient de relater dans *La Conquête du Minya Konka* mais que nous confie Liu Lianman. Ce dernier a-t-il lu le récit officiel ?

Mai. La mousson approche dangereusement et il n'y a pas de temps à perdre. La caravane franchit un premier col à plus de 4 000 mètres, marqué d'un mât émergeant de pierres gravées, comme partout au Tibet. Le Minya Konka est symbole de pureté et demeure d'un dieu nommé Tochiluchu. Une foule de légendes courent au sujet de ce sommet sacré qui n'est pourtant plus vierge. Une étonnante cordée américaine composée d'un certain Terris Moore et de Richard Burdsall s'est faufilée dans la Chine des années 1930 jusqu'à son faîte ! Liu Lianman et Xu Jing n'étaient encore que des gamins. C'est la voie ouverte par ces pionniers occidentaux qu'ils vont tenter de répéter.

Un jour « particulièrement chaud », écrira Shi Zhanchun dans la publication britannique *Alpine Journal*, ils établissent leur camp de base. Celui-ci profite d'une vieille lamaserie nommée Konka Gompa, vers 3 750 mètres d'altitude. Le modeste temple, entouré de quelques masures, est sis au pied d'une langue glaciaire noircie de débris. L'expédition est composée de vingt-neuf membres dont dix-sept alpinistes, travailleurs de Kiamusze ou du Tsaidam – soudeurs, charpentiers, etc. –, rapporte scrupuleusement Shi Zhanchun, mais aussi de chercheurs de Pékin, Chengdu et Wuhan. L'alpinisme communiste se targue d'être utile et de servir la science glaciologique.

Ils ont entre vingt et ving-neuf ans, la révolution fait confiance à la jeunesse. Xu Jing et Shi Zhanchun font partie des aînés et l'un des portraits que l'on a de ce dernier le montre en contre-plongée, en tenue sportive, bonnet vissé sur le crâne et regard au loin. Il raconte qu'un technicien dégourdi installe promptement un générateur alimentant une douzaine de lampes à arc. La radio se met à diffuser de la musique et le vieux lama qui garde le temple n'en croit pas ses yeux. Il n'a encore jamais contemplé le miracle électrique. De quoi faire reculer cet univers fantastique du bouddhisme tibétain où rôdent partout démons et forces malignes.

« À l'aube, le drapeau rouge aux cinq étoiles de notre grande terre natale flottait majestueusement au-dessus des flèches dorées du monastère de Konka », écrit fièrement Shi Zhanchun, qui ajoute que le dernier bouddha vivant du *gompa* est mort en 1957. C'est juste avant leur arrivée et à se demander s'il n'a pas été victime de la répression. Son successeur n'a toujours pas été trouvé. Il ne reste que le vieux lama de soixante-quinze ans ainsi qu'un moine s'occupant du troupeau, pour vénérer le Minya Konka dans les odeurs d'encens, le son des cornes et les danses d'exorcistes. Les deux religieux sont dubitatifs devant le projet d'ascension et préviennent que le mauvais temps est monnaie courante là-haut. Ils ne savent pas encore que « le peuple peut tout accomplir sous la direction du Parti communiste ».

Un soir enfin, Xu Jing aperçoit le sommet dégagé à la lueur de la lune. Il secoue tous ses camarades ensommeillés afin qu'ils contemplent la cime immaculée sous la Voie lactée. Shi Zhanchun en fait un paragraphe lyrique sur la beauté des glaces et la réverbération des astres, sans nous expliquer ce que Xu Jing faisait en pleine nuit l'œil ouvert. Montait-il la garde ou bien vidait-il sa vessie ?

La saison des pluies est proche. Il est temps d'attaquer. Les premières cordées s'ébranlent le 17 mai sous la férule de Xu Jing. L'année précédente, une reconnaissance a permis d'identifier l'arête nord-ouest comme possible voie vers le sommet. Il s'agit de celle empruntée par les Américains vingt-cinq ans plus tôt et Xu Jing doit désormais trouver le moyen d'y prendre pied. Il conduit ses hommes, vêtus de combinaisons quasi militaires, alourdis de volumineux sacs de toile et traînant leurs longs piolets en bois. Le petit monastère est bien trop loin des premières difficultés et il faut d'abord remonter les longues moraines glaciaires. Un premier camp est installé, puis un deuxième vers 4700 mètres.

De là, Xu Jing inspecte les flancs du Minya Konka. L'affaire a l'air nettement plus ardue qu'au Mustagh Ata. Les pentes sont raides et glacées, les avalanches menacent de partout. « Nous pouvons le faire ! » s'exclame Liu Lianman sous la plume d'un Shi Zhanchun pourtant resté à la lamaserie. « Son rire fougueux résonne à travers la vallée endormie », assure-t-il encore. Las, une tempête les ensevelit et il faut précipitamment éloigner les objets métalliques pour se garder de la foudre. Le lendemain, la tourmente de neige a molli mais les nuages enveloppent la montagne. Les six hommes remontent un pan de rochers instables qu'ils croient mener à l'arête nord-ouest. L'affaire s'avère être un cul-de-sac et voilà nos vaillants alpinistes chinois forcés de bivouaquer sur un replat, jambes dans le vide, avant de battre en retraite.

Au camp de base, la vie coule doucement grâce à un ravitaillement en fruits et légumes frais organisé depuis Kangting. Suivent-ils l'actualité par les ondes ? De Pékin au Tibet, la campagne des Cent Fleurs est hors de contrôle. La critique se déchaîne, le Parti est accusé de monopoliser le pouvoir. Sans doute ces remous relèguent-ils leur ascension aux entrefilets des journaux mais un correspondant de *Gongren Ribao* – « Le Quotidien du travailleur » – transmet régulièrement des nouvelles du Minya Konka. Un photographe de l'agence Xinhua (« Chine Nouvelle ») prend aussi des clichés noir et blanc. Les hommes posent, qui les lunettes de soleil sur le front, qui un bonnet soviétique sur le crâne. Un portrait de groupe les montre sur deux rangs dont le premier est accroupi, sérieux et disciplinés. Aucun ne sourit vraiment mais les traits sont sereins. À y regarder de plus près, quelques bras sont passés sur les épaules des voisins. « Camarade » ne semble pas qu'un vain mot politique.

La deuxième tentative est dirigée par Shi Zhanchun lui-même. Le chef d'expédition n'hésite pas à se mettre en scène, écrivant à la chandelle tandis que tous ses camarades croulent de sommeil. « Nous trouverons une voie même s'il ne devait rester qu'un seul de nous huit », rapporte-t-il dans une rare évocation du sacrifice. Une phrase prémonitoire dans un récit *a posteriori*. Liu Lianman est décrit comme résolu, mais la météorologie se dégrade à nouveau. Le Minya Konka garde constamment la tête dans les nuages.

Au bout de quelques jours et des inclinaisons jusqu'à soixante-dix degrés, ils franchissent enfin les 5 000 mètres. Ils passent leur temps à nettoyer leurs semelles de la neige qui colle. Ceux de tête taillent des marches ou sondent le terrain de leurs longs piolets. Cela n'empêche pas Liu Lianman de disparaître soudain dans une crevasse, ne devant la vie qu'à son gros sac resté coincé entre les lèvres. Il en ressort haletant en tirant sur la corde. « C'était comme être suspendu dans un palais de cristal », lui fait déclarer Shi Zhanchun. La métaphore chinoise éclaire toujours d'un zeste de poésie les lignes les plus idéologiques. Un camp 3 est établi à 5 400 mètres, sur un col peu marqué et malaisé.

À l'aube, ils poursuivent dans la brume jusqu'à atteindre enfin l'arête nord-ouest au niveau d'un éperon. Elle est de neige ou de glace, très exposée et balayée de bourrasques. Sur une rare photo, on distingue deux alpinistes encordés court faire la trace aux abords d'une énorme corniche. Les piolets sont enfoncés jusqu'à la tête, l'angle entre la pente et les silhouettes est infime et le vide abyssal. Le camp 4 est décrété au-dessus des 6 000 mètres, sur une section épatée où ils arriment les tentes blanc argenté à des rochers. Les nuages dévoilent bientôt le sommet dans une éclaircie et on se hâte pour visualiser la suite de l'itinéraire. Les chances ne sont pas nulles.

Au menu : riz, soupe ou nouilles au porc, cuisinés longuement sur un réchaud à pétrole. Une fois rassasiés, ils jouent aux cartes ou fredonnent malgré l'altitude. Une tempête sévit deux nuits de suite et ils restent bloqués jusqu'à l'enfouissement. Au point qu'il faut s'extirper d'urgence des tentes pour ne pas risquer l'asphyxie. Il fait moins vingt degrés et certains n'ont pas eu le temps d'enfiler leurs manteaux ou même de se chausser. Il semble qu'un réchaud a mis le feu à une toile. Les naufragés se réfugient dans une crevasse en grelottant. Seuls Liu Lianman et un camarade sont d'attaque. Ils déterrent l'équipement sous deux mètres de neige afin que les cordées puissent redescendre à la lueur sélène. Le ciel nocturne s'est dégagé pour guider leur retraite.

Pendant ce temps, le 28 mai, Xu Jing et treize hommes vont sur les traces du groupe de tête. Peu après midi, la montagne se remplit soudain du « grognement du dragon des neiges ». Xu Jing crie : « Avalanche ! » mais un déluge emporte les cordées. Tous ou presque sont balayés, projetés et dispersés à des centaines de mètres alentour. Certains dont Xu Jing se dégagent seuls avant de se mettre en quête de leurs camarades vêtus de vestes militaires blanches… L'un est sauvé d'une crevasse, d'autres sont sonnés. Et puis l'on retrouve un cadavre, un laborantin en météorologie d'une faculté pékinoise. Son corps inanimé est déterré et Xu Jing ordonne de se replier sur le camp de base. On peut voir aujourd'hui une photo du macchabée prise par le photographe de l'agence Xinhua. La première victime de l'alpinisme chinois.

L'assaut final est lancé le 4 juin à 6 h 30 après que les dix-sept alpinistes ont fait le vœu solennel d'atteindre le sommet pour la gloire de la République populaire. Ils progressent, ployant sous des sacs de vingt-cinq kilos pièce. Il a neigé abondamment les jours précédents et il faut sans cesse relayer celui qui fait la trace dans la crainte d'une coulée. Tous attendent deux jours durant au camp 2 un temps plus clément, puis, le sixième jour, le photographe dévisse, emportant ses camarades de cordée. Sans dommage, mais quatre d'entre eux ont perdu une partie de leur équipement dans la bagarre. Ils doivent rebrousser chemin la mort dans l'âme. Xu Jing est du lot.

Le 9 juin, les treize hommes restants poursuivent jusqu'aux camps 3 puis 4. L'acclimatation a été insuffisante et plusieurs d'entre eux se plaignent de nausée ou de saignements. Les voilà qui abandonnent à leur tour, escortés de quelques camarades valides. Seuls six ascensionistes dont Shi Zhanchun et Liu Lianman, poursuivent. Le 10 juin, ils parviennent dans l'après-midi au-dessus d'une brèche inclinée à quatre-vingts degrés qui entrave le fil de l'arête. Il est tard, la nuit porte conseil et ils décident d'un camp 5 au bord de l'obstacle. Est-ce à cet endroit qu'a été prise la somptueuse vue sur laquelle deux tentes à piquets regardent la voie tortueuse qui s'élève vers la cime ? Dehors, un homme emmitouflé semble résister au vent en opérant quelque mesure.

À l'aube, ils nouent leurs cordes les unes aux autres, le tout assuré par un piolet enfoncé dans la neige. En désescaladant, Liu Lianman chute sur une dizaine de mètres et s'arrête par miracle au bord d'un abîme. Ils peinent ensuite des heures, rampent sur un pont de neige et atteignent 6 600 mètres, où est décrété un énième camp dans le blizzard. D'après Shi Zhanchun, il ne leur reste alors plus que de la poudre de glucose, des racines de ginseng et des poignées de cacahuètes. Chaque consommation doit désormais être approuvée à l'unanimité.

Là les cordées d'assaut sont à nouveau prises dans le mauvais temps. Shi Zhanchun affirme qu'ils songent alors au Parti et à l'honneur de la patrie. De quoi puiser la force de s'échapper vers le haut, jusqu'à 6 700 mètres. Camp 7 malgré la tempête. Un pas de poucet et une arête qui s'alambique. Mais le ciel s'éclaircit dans la nuit et, à 3 heures du matin, c'est l'assaut – « le plus matinal de l'histoire de l'alpinisme », prétend étrangement Shi Zhanchun. Chacun a le droit à une racine de ginseng et une confiserie. Il serait trop long de faire chauffer de l'eau. Pour aller plus vite on ne se charge que d'instruments de mesure – altimètre, thermomètre, détecteur de rayons cosmiques – et du drapeau national.

La glace est dure, l'oxygène rare. La météo redevient exécrable. Liu Lianman et Shi Zhanchun font néanmoins la trace et le 13 juin 1957, en début d'après-midi, ils touchent enfin le sommet du Minya Konka. Ils sont cinq à se congratuler « les yeux humides », précise Shi Zhanchun. « Un grand exploit qui appartient au peuple. » Les Soviétiques eux-mêmes ne sont jamais allés aussi haut. Puis c'est le cérémonial communiste. L'emblème rouge à cinq étoiles est fixé au piolet de Liu Lianman et tous lèvent le leur au moment de s'immortaliser. Shi Zhanchun fait un couplet sur la beauté de leur terre natale vue de leur piédestal. Ils abandonnent une boîte de conserve avec cette note à l'intérieur : « Le peuple a réussi à conquérir le Gongga Shan [le Minya Konka]... » Elle est fourrée sous un cairn avec une écharpe rouge confiée par de jeunes pionniers maoïstes.

Ils s'attardent près d'une heure sur la cime, oubliant que le Minya Konka attire volontiers les orages. Ayant entamé la descente, la troupe se retrouve deux heures plus tard dans le blizzard. Les éclairs se déchaînent au son du tonnerre. Les cheveux se dressent, le métal étincelle par moins vingt degrés. La visibilité est presque nulle et les flocons bombardent les yeux. Vers 7 100 mètres Shi Zhanchun ordonne de s'enterrer dans la neige, avant de se raviser. Il tente désespérément de trouver la voie dans le brouillard, lunettes relevées. Les bourrasques le déséquilibrent tandis que les crampons mordent mal la glace vive. C'est alors qu'un certain Lita Yi perd pied et dévisse, l'entraînant dans sa chute avec Liu Lianman qui complète la première cordée.

La vitesse les fait décoller de la pente puis retomber lourdement. Liu Lianman perd son piolet, qu'il n'a pu planter. Les trois hommes en perdition approchent dangereusement d'un précipice de deux mille mètres dans la monumentale face ouest. C'est alors que la corde est arrêtée *in extremis* par un bloc saillant, selon *La Conquête du Minya Konka*. Dans l'*Alpine Journal*, Shi Zhanchun prétend plutôt avoir heurté, embrassé et s'être accroché désespérément à ce même rocher. Qu'importe. Le trio est stoppé net. Liu Lianman, dit-on, pendait déjà à moitié dans le vide. D'ailleurs, il s'est démis l'épaule droite. Après avoir retrouvé son piolet, il perd brièvement connaissance, et quand il revient à lui, c'est pour se plaindre de vertiges. La neige est tachée de sang, il est blessé à l'œil.

Nos héros trouvent néanmoins la force de remonter vers le faîte de l'arête. Mais alors qu'ils y sont presque, ils aperçoivent soudain la deuxième cordée dévisser à son tour. Leurs trois camarades glissent vers l'abîme sans parvenir à s'immobiliser. Il n'y a cette fois aucune saillie opportune avant le grand saut. Shi Zhanchun et Liu Lianman voient leurs compagnons disparaître corps et âme. Ils s'appelaient Guo Dejun, Peng Zhongmu et Shi Xiu.

On sait que les trois survivants se blottissent ensuite dans un trou sous une corniche. Ils mangent des flocons et luttent une nuit entière pour ne pas être enfouis. Les pieds commencent à geler mais ils rejoignent le camp 7 au matin, nageant dans la poudreuse. Réfugiés dans une tente, ils font bouillir du thé et dévorent les derniers vivres avant de s'effondrer. Une équipe qui les a vus descendre les secourra dans un camp inférieur afin qu'ils rejoignent le petit monastère, le 15 ou le 16 juin. D'après Shi Zhanchun, les lamas les y accueillent en habits de fête, fiers que leur « propre peuple » ait réussi là où d'autres avaient échoué…

La fête est néanmoins gâchée. Ils sont partis à six, ils rentrent à trois et l'expédition déplore quatre victimes au total. L'un était membre du contre-espionnage des chemins de fer de Mandchourie et tous avaient été formés en URSS. Une perte précieuse dans un pays sans himalayistes mais hérissé de 8 000 à foison.

L'élite balbutiante de l'alpinisme chinois est décimée. La première expédition nationale est une victoire à la Pyrrhus. Ils chercheront en vain les corps sur le glacier qui draine la face ouest, à l'aplomb de la paroi dans laquelle ont plongé leurs camarades…

Quant aux survivants, ils sont atteints d'engelures. Liu Lianman garde les yeux gonflés et le front grêlé de blessures. Il doit supporter trois journées de cahots à cheval vers ce qui ressemble à l'hôpital le plus proche. L'expédition est félicitée au premier village par les autorités locales. Le chef du district – un Tibétain – trouve dans cette ascension une « émulation pour les activités de production »… Le genre de remarques qui émaillent *La Conquête du Minya Konka*, Shi Zhanchun ayant livré une version édulcorée de ces élucubrations maoïstes à l'*Alpine Journal*. Il s'y abstient également de remettre en question la première ascension du Minya Konka. Dans le récit officiel, il rapporte en effet n'avoir trouvé aucune trace de passage au sommet. Il insinuera que les Américains n'étaient jamais montés, mais on peut avoir le même doute au sujet de ses cordées. La cime du Minya Konka est une corniche enneigée sans même une pierre pour ébaucher un cairn…

Ce sont ensuite d'autres cérémonies à Chengdu, à Wuhan, à Pékin… Ils viennent de signer un petit exploit. Le Minya Konka ne sera plus gravi avant les années 1980 et, aujourd'hui encore, très peu d'expéditions en viennent à bout. Le maréchal He Long les reçoit comme après la victoire au Mustagh Ata. Ils sont pompeusement élevés au rang de maîtres des sports en alpinisme. Les premiers du pays. Quant aux victimes, elles provoquèrent paraît-il un débat sur l'opportunité de ces ascensions. Sur quoi le vice-premier ministre He Long clarifia : « L'alpinisme est d'importance non seulement en tant que sport mais aussi pour la reconstruction économique et la défense nationale. » On n'en était pas à cela près.

Les autorités décident toutefois d'analyser les raisons du drame et lors d'une évaluation, Liu Lianman se permet de dénigrer le matériel. N'est-ce pas la campagne des Cent Fleurs ? N'a-t-on pas le droit désormais de donner son opinion ? Liu réclame entre autres une amélioration des piolets. Il ne fait pas de grand discours politiques sur la démocratie. Non, il commente simplement la qualité de l'équipement. On lui rétorque cependant qu'il cherche « l'obscurité du socialisme » et qu'il s'agit d'une déclaration de droitier. Une journée durant, il est accablé pour sa faible conscience politique et contraint de faire son autocritique plutôt que celle des pics à glace. Liu Lianman s'en sort en confessant ses lacunes idéologiques et en plaidant son ascendance misérable.

Car durant leur absence les choses ont changé. Voilà ce que sont les expéditions himalayennes, des mois hors du monde, à n'en plus suivre le cours, à vivre au-dessus, à l'oublier. Et quand vous rentrez, le père est mort, votre femme est partie ou le président Mao a changé d'avis. Alors qu'ils s'escrimaient sur le Minya Konka, les griefs des masses se sont tant exprimés que le Parti a vu rouge. En fait de Cent Fleurs et de botanique, Mao a décidé de se débarrasser des « fleurs vénéneuses ». La lutte contre les « éléments bourgeois » a repris de plus belle. On arrête les « droitiers » pour remplir froidement des quotas. Les universitaires qui ont osé dénigrer sont contraints d'avouer leurs « crimes » tête baissée, devant des assemblées menaçantes. On leur ceint le crâne de bandelettes imprimées de citations du Grand Timonier. La délation fait rage à travers le vaste pays. On se venge de son voisin, on dénonce ceux auxquels on doit de l'argent, on se débarrasse d'un rival amoureux. Beaucoup échouent dans les laogais et il faut lire les rares mémoires de celles et ceux qui ont survécu au labeur forcé, aux fers, à la malnutrition et au lavage de cerveau.

De l'avis de certains historiens, le reniement des Cent Fleurs scelle la fin de l'ère « constructive » du maoïsme et consomme le divorce avec les intellectuels. Liu Lianman s'en sort sans plus de dommages. On a besoin de lui pour la suite – les scientifiques furent aussi épargnés –, mais d'autres ont été déportés pour moins que cela et l'avertissement est clair. Ne jamais s'épancher, fût-ce à propos de médiocres piolets, et toujours se répandre en louanges sur le Parti. C'est une question de vie ou de mort. À son retour en Mandchourie, l'usine de Liu Lianman lui accorde un mi-temps afin qu'il puisse s'entraîner et quelques subsides pour acheter des vêtements de sport. Liu Lianman a l'aubaine d'un destin hors du commun. Mais la désinvolture et l'irrévérence sont déjà partout un lointain souvenir. Une chape de plomb s'abat sur la Chine.

Pic Lénine

Shi Zhanchun conclut son récit au Minya Konka par une prophétie : « Le jour où notre drapeau rouge aux cinq étoiles flottera sur tous les hauts sommets de notre terre natale n'est plus loin... » Avec l'annexion du Tibet, les bornes de la République populaire sont désormais constituées des plus hauts reliefs de la Terre. Neuf des quatorze cimes de plus de 8 000 mètres se situent sur ses frontières népalaise ou pakistanaise : Everest, Lhotse, Makalu, Cho Oyu, K2, Broad Peak, Gasherbrum 1 et 2. Une topographie unique et vertigineuse. Sans compter le Shishapangma qui se trouve entièrement contrôlé par Pékin. Il faut ajouter à ce florilège une centaine de 7 000 mètres et une forêt de cimes dépassant les 6 000. Avec le Tibet, la Chine est éminemment aérienne, mais ses himalayistes ne brillent guère.

J'ai souvent lu que, vers 1958, les meilleurs alpinistes soviétiques auraient adressé une requête à Zhou Enlai, à propos de l'Everest. Après quelques tergiversations, le Premier ministre chinois aurait finalement accepté. Pouvait-il, à vrai dire, refuser quelque chose à Moscou ? En coulisses, les relations entre les deux puissances se compliquent mais le « grand frère » communiste vit son apothéose. Spoutnik vient de voler dans l'espace quand la Chine peine à trouver la voie du socialisme. Concernant l'Himalaya, les deux géants ont un terrain d'entente évident. Les Chinois veulent affirmer leur territoire, les Russes leur gloire. Des consultations diplomatiques s'engagent dans un hôtel de la capitale.

Mao lance cette année-là le mouvement des Trois Drapeaux rouges, prémices de ce qui deviendra le fameux Grand Bond en avant. Sorte de copie pékinoise du premier plan quinquennal bolchevik, le projet prévoit de doubler annuellement la production agricole et industrielle, jusqu'à dépasser la Grande-Bretagne et rattraper l'Amérique. Côté montagne, la fédération des syndicats passe la main à l'Association chinoise d'alpinisme, une structure chargée avant tout de conquérir l'Everest sous l'égide des militaires. Le colonel Han Fudong de la Commission des sports en devient président. L'homme est une ancienne gloire de la guerre civile. Shi Zhanchun reste à la direction des expéditions tandis que Xu Jing mènera les équipes d'assaut. Liu Lianman devient instructeur d'escalade.

Ce dernier se met en quête d'un site d'entraînement proche de la capitale. La hiérarchie lui confie une voiture et il écume les environs de Pékin à la recherche de falaises. Il repère d'abord une dite Tête du tigre qu'il juge peu convaincante, avant d'entendre parler d'un site appelé Xiangshan. Une centaine de débutants viennent dès le mois de juin y faire leurs classes. Il s'agit d'inculquer les rudiments aux cohortes qui s'élanceront sur les flancs de l'Everest. On a encore une fois sélectionné des prolétaires au hasard des diverses branches industrielles du pays.

Liu voudrait rentrer quelque temps chez lui mais on lui refuse son congé. Les effectifs sont trop maigres et des préparateurs physiques sont mutés depuis l'Institut des sports. L'État consacre de sérieux moyens à ce projet prestigieux. « La norme de nourriture était de deux yuans et demi par jour et par alpiniste. C'était supérieur aux autres équipes sportives », se souviendra Liu Lianman.

Parmi les nouvelles recrues, deux hommes qu'il est temps d'introduire. L'un s'appelle Qu Yinhua et se précipite, comme tous les autres provinciaux, à vélo trois roues contempler la place Tiananmen. Le second se nomme Wang Fuzhuou. Il fait ses classes à l'Institut de géologie de Pékin et s'est visiblement abstenu de toute critique durant les Cent Fleurs en fréquentant assidûment la cellule estudiantine du Parti. D'autres n'ont pas eu le même zèle et se morfondent déjà dans les couloirs des prisons en attendant d'être déportés vers les camps du laogai. L'alpinisme ne recrute que chez les plus militants.

Qu Yinhua et Wang Fuzhuou se présentent sur le site de Xiangshan en parfaits ignares de l'alpinisme. Le premier dira que la préparation y était implacable. « Un mouvement devait être pratiqué et répété pendant des heures. Ce n'est que lorsque cela devient une réaction instinctive que l'on peut réagir en cas de danger. » Wang Fuzhuou se souviendra, lui, d'un détail précis : « On m'a dit de mettre mes sandales parce qu'en URSS on ne marchait pas pieds nus. »

À l'instar des « promotions » de Xu Jing ou de Liu Lianman, celle de Qu Yinhua et Wang Fuzhuou s'envole en effet pour l'URSS. Cette fois cependant, il s'agit d'un vaste exercice commun avec les « grands frères », une ultime ascension binationale avant le toit du monde. L'objectif choisi est le pic Lénine, au Pamir tadjik. Ils sont quarante et un Soviétiques doublés de quarante-quatre maoïstes, dont deux femmes. C'est la dernière répétition et elle présage des cordées qui s'y attaqueront. Côté russe, on note la présence du légendaire Vitali Abalakov, en plus d'Evgueni Beletski ou de Kirill Kuzmin, qui forment assidûment les Chinois depuis trois années.

Ce sont eux qui racontent. Familiers des excès socialistes, ils sont pourtant ébahis par le *fanatizm* de leurs compagnons asiatiques. « Immédiatement s'est fait sentir la discipline interne et l'exécution aveugle des Chinois », racontera l'un d'eux. « Puis ce fut le départ. Les Chinois se mirent de côté, crièrent longtemps quelque chose, agitèrent des drapeaux. Il s'avéra qu'ils juraient à Mao de monter au pic du grand Lénine. » Malgré des alertes cardiaques et autres affections, les maoïstes suivent coûte que coûte. « On ne peut qu'envier leur stoïcisme. Qu'importe l'épuisement, leurs visages restaient impénétrablement sereins », se souvient encore un Russe qui décrit également l'interprète comme un « agent de leur KGB à eux ».

Les Soviétiques affirment aussi que, vers 6000 mètres, une des deux Chinoises est victime d'un accident cardiaque. Elle n'en montre pas moins le sommet du doigt avec exaltation. Revenus au camp, ses compatriotes l'obligent à dormir dehors : l'alpiniste n'a pas tenu sa promesse de gravir le pic Lénine et en a empêché d'autres d'y parvenir. La pestiférée reste assise dehors, à même la glace, menaçant de périr pour de bon. Il faut que des Russes la fassent admettre dans une tente après « quelques mots noirs que les Chinois avaient appris à reconnaître » ! J'ai retrouvé dans les brefs mémoires de Liu Lianman mention de cet incident sous un jour plus honorable. Liu affirme avoir porté la victime inconsciente sur son dos durant presque toute la descente. Elle ne se serait, selon lui, réveillée que grâce à de l'oxygène artificiel. « Nous étions tous soulagés », conclut-il. Qui croire ?

La mémoire de Liu Lianman lui joue-t-elle des tours ? Adoucit-il les événements dans son livre, honteux de cette folie collective dont la Chine s'est réveillée hébétée à la mort de Mao ? Ou bien les Russes n'ont-ils retenu que ces signes d'une dévotion qui leur rappelait leurs propres malheurs ? « Ce serait pécher que d'en rire, nous-mêmes, combien d'années nous avons vécues sous ce joug », tempère l'un d'entre eux dans sa chronique, qui rapporte que dix-sept Chinois atteignent le sommet en compagnie de vingt et un Soviétiques. Liu Lianman n'en est pas, son groupe ayant dû secourir la camarade en difficulté. Cela n'en reste pas moins une ascension de masse, chère au communisme.

Quatre alpinistes de chaque pays empruntent ensuite une arête qui mène à une cime anonyme. Un Russe se remémorera : « Nous voulions le baptiser le pic Mao. Ils ont refusé car il était plus bas que le pic Lénine. Nous l'avons finalement appelé pic Moscou-Pékin. » Le sommet n'atteint en effet pas les 7000 mètres et, gênés par la proposition, les Chinois s'en remettent à leur ambassade qui décline diplomatiquement. « Les autorités ne souhaitaient pas encourager le culte de la personnalité. » Il est vrai que les maoïstes ne s'adonnèrent pas, comme en URSS, à une toponymie idéologique des montagnes. Mao est pourtant loin de décourager l'amour de sa personne, et à l'Everest, Liu, Xu, Shi et le reste des cordées ne porteront rien de moins qu'un buste à son effigie.

Après le pic Lénine, les équipes retournent en avion à Moscou avant que les Chinois ne continuent par le rail vers Leningrad. Ils visitent le palais d'Hiver puis se rendent au théâtre pour assister au *Lac des cygnes*. Nos ouvriers, mineurs, soldats et autres étudiants contemplent en costume les danseuses étoiles du Marinski. Ils sont confortablement logés à l'hôtel Europa, mais un soir Evgueni Beletski les invite chez lui. On imagine que c'est le genre de dîner d'apparence informelle soigneusement planifié par les délégations. Manque de chance pour le prestige soviétique, l'électricité est coupée ce soir-là dans l'immeuble. À défaut d'ascenseur, il faut gravir les marches quatre à quatre. Une plaisanterie pour tous ces himalayistes en puissance, mais un aperçu du quotidien sous Khrouchtchev.

De retour à Moscou, ils sont cette fois conviés dans l'usine automobile d'un autre premier de cordée. L'URSS tient à montrer que ses grimpeurs sont avant tout des prolétaires et la journée s'achève dans un nouvel appartement modèle. Cette fois, le courant fonctionne et Liu Lianman retrouve dans la convivialité d'une soirée russe les hommes qui l'ont formé au Mustagh Ata et ailleurs.

Il repart le lendemain plein est par le Transsibérien. Neuf jours et neuf nuits, avec pour point d'orgue le passage du lac Baïkal. L'alpinisme est la promesse d'une vie de voyages.

Vers l'Everest

Le projet d'expédition commune à l'Everest a été approuvé par les comités centraux des deux Partis communistes. C'en est fini des formations et des ascensions préparatoires. Le grand jour approche. La tentative est fixée au printemps 1959 pour le dixième anniversaire de la République populaire de Chine.

Le 19 octobre 1958, quelques mois auparavant, Xu Jing se trouve à bord d'un Iliouchine-14 militaire bourré de matériel et frappé de l'étoile rouge. Les avions font escale à Xining puis à Golmud, au Qinghai. Non loin de là, au mois d'avril, un soulèvement tibétain a été réprimé dans le sang. Il y a peu de chances que Xu Jing soit au courant ou qu'il compatisse. Il se rend à Lhassa, encore largement enclavée malgré les camions qui remplacent déjà les antiques caravanes. Il s'agit d'arrimer au territoire national ce Tibet qui ne connaissait pas même la roue avant l'arrivée des Chinois, de le détacher de l'Inde. Des milliers de prisonniers, ouvriers tibétains et ouïghours sont affectés à la voirie sur des terres réquisitionnées. Les puissants massifs cèdent sous les coups de pioche. La victoire de l'homme sur la nature ne trouve guère d'écho qu'en Chine et en Russie, où elle est grandiose et périlleuse.

Le voyage n'en exige pas moins des jours et des jours de cahots, d'autant que la route est menacée par la résistance tibétaine. La ligne aérienne reste un moyen sûr. À 6000 mètres, Xu Jing ajuste son masque à oxygène dans l'habitacle dépressurisé. À l'Everest, il faudra porter les lourdes bouteilles à dos d'homme. L'himalayisme s'inspire de l'aéronautique pour contrer les effets de la haute altitude. Par le hublot défilent des chaînes infinies, colossales. Des centaines de pics souvent anonymes, émergent des hauts plateaux. Xu Jing croit apercevoir les Nyenchen Tanglha et, un peu avant l'atterrissage, les flots salés du Namso. Les lacs sont pour les Tibétains l'œil par lequel l'au-delà nous observe. Xu n'en croit pas un mot. Il est là pour faire taire toute superstition entravant l'avènement du progrès.

Les appareils se posent à Damxung, une ville pionnière entièrement chinoise qui pousse à quelque cent kilomètres au nord de Lhassa. C'est le premier aéroport du Tibet, inauguré deux années auparavant par l'armée de l'air. Xu Jing gagne la capitale du Tibet, au milieu de soldats mitraillettes au poing. Tous les camionneurs qu'ils croisent sont escortés ou armés. La région est loin d'être pacifiée. Enfin apparaissent les toits dorés des grands monastères et Xu Jing pénètre dans la ville sainte des bouddhistes. Il est probable qu'il la considère avec un mélange d'admiration et de froideur. Le Potala domine une cité de terre séchée relevée par quelques teintes vives. Les rues sont encombrées d'une foule bigarrée, d'innombrables moines en toge rouge, de nomades hirsutes, de notables aux coiffes ébènes et de marchandises indiennes. Des patrouilles chinoises côtoient la garde du dalaï-lama. C'est encore le Tibet éternel, « moyenâgeux », dénoncent avec mépris les maoïstes.

Sept années auparavant, en octobre 1951, l'armée chinoise est entrée dans Lhassa, à la suite de l'accord en dix-sept points, dicté aux émissaires du quatorzième dalaï-lama après la déroute de ses troupes au Kham. Le texte stipule sans vergogne que ce dernier a demandé l'intervention de Pékin pour le délivrer des « forces impérialistes » et afin qu'il regagne la « grande famille de la mère patrie : la République populaire de Chine ». Ledit « traité de libération pacifique » reconnaît la souveraineté chinoise sur le toit du monde. Alors que les généraux de Mao affûtaient leur stratégie militaire, le dalaï-lama convoquait l'oracle… La XVIIIe armée a aisément vaincu les dieux bouddhistes.

C'est le choc du progrès. Le vieux Tibet est rattrapé par la Chine nouvelle dans une lutte anachronique. Le temps ne coule pas sur Terre partout à la même vitesse. De là les invasions et les indépendances. C'est comme ce vaste ciel avec ses dépressions et ses vents. Une loi vieille comme le monde qui veut que les civilisations les plus avancées s'imposent aux retardataires. La Chine elle-même vient de secouer le joug de l'Occident.

On prétend que les soldats se sont d'abord comportés avec correction, soucieux de fraterniser et de traduire le communisme en actes. « Une armée de bouddhas », s'exclamaient les Tibétains à la vue de cet occupant si policé. Mais les camps se sont vite multipliés autour de Lhassa, jusqu'à se muer en bâtiments austères. Les différents contingents ont progressivement confisqué de vastes zones au bord de la rivière, ou devant le Potala. Les autorités militaires se sont mises à exiger des livraisons d'orge croissantes pour nourrir les troupes, voyant des complots dans chaque protestation et accusant partout la main de l'étranger. Elles ont fini par obtenir la tête des ministres tibétains dénonçant la famine engendrée par ces réquisitions de grain.

Contrairement au Kham, où les réformes ont été mises en place dans la foulée de l'invasion, au Tibet central les généraux tolèrent en effet le clergé et la noblesse. Quand Xu Jing arrive à Lhassa, l'ordre monastique et le marxisme cohabitent dans un parfait paradoxe. Sans doute pour cette raison le gouvernement du dalaï-lama ne soutient-il pas la révolte des Khampas. Le moine-roi a certes refusé d'envoyer ses propres soldats contre les « bandits », arguant qu'ils passeraient immédiatement à l'ennemi, mais pour le reste, la haute société lhassaise espère naïvement préserver ses prérogatives millénaires. Elle s'efforce de contenter les Chinois et s'accroche à l'accord en dix-sept points. L'en-tête des documents du Potala indique toujours : « Selon la volonté du Bouddha », et l'on se persuade que rien n'a changé sur le toit du monde.

Le jeune dalaï-lama est pourtant contraint de composer des poèmes à la gloire de Mao. Il s'en est allé à Pékin rencontrer le Grand Timonier et le voilà désormais vice-président d'une Assemblée nationale populaire du Tibet qui ne fait qu'avaliser les ordres du Parti. Pense-t-il le bouddhisme et le socialisme compatibles ? Le premier fait passer les injustices pour un ordre divin, le second est bassement matérialiste mais promeut l'égalité entre les hommes. Des écoles sapent désormais l'obscurantisme religieux à coups de mathématiques et autres sciences.

Pékin joue la carte du progrès contre l'ordre clérical, martelant la nécessité de sortir le Tibet de son arriération. La Chine communiste se voit comme civilisatrice, une noble cause qui plaide opportunément pour l'annexion.

Xu Jing ne voit pas les choses autrement et il s'affaire pour l'avenir de ce Tibet nouveau. De lourdes responsabilités pèsent sur ses épaules. Il a été nommé chef de l'expédition de reconnaissance à l'Everest. Une délégation d'alpinistes soviétiques doit atterrir le lendemain, en fonction des conditions météorologiques. À trente ans à peine passés, le voilà fonctionnaire au Comité panchinois de la culture physique. Sa vie a été happée par la montagne en quelques années. Tout comme Liu Lianman avec lequel il accompagnait le mois précédent des géologues dans la chaîne des Qilian Shan, dont le point culminant a été rebaptisé en l'honneur de l'Académie chinoise des sciences, branche de Lanzhou.

Il s'agit de prospecter les filons d'or ou d'uranium, au grand dam des bouddhistes qui s'imaginent qu'extraire des minerais stérilise les sols et provoque l'ire des esprits de la terre. Des dogmes que veulent balayer les maoïstes. À Lhassa, Xu Jing ne constate autour de lui que l'omniprésence de la foi et les inégalités symptomatiques d'une société de classes. Il souscrit aux analyses du Grand Timonier et approuve l'ouverture forcée au progrès. Fini dieux, rois et démons ! On vient de fêter en Inde les deux mille cinq cents ans du Bouddha mais place désormais aux ouvriers et paysans ! Jamais dans l'histoire de l'humanité le marxisme n'aura été confronté à une structure aussi féodale, jamais la lutte n'aura été si caricaturale.

*

Liu Lianman est à l'usine, à Harbin, quand il apprend qu'il est versé à la Commission nationale des sports. Il n'a que le temps d'embrasser sa mère. Son quotidien promet décidément d'être moins terne que la routine usinière. Aspire-t-il à l'aventure de chaque matin ? Qu'importe. « À cette époque, écrira-t-il, les individus ne pouvaient qu'obéir, ce n'était pas à vous de choisir où travailler et que faire. » Il monte dans un train bondé pour Pékin. Pas un siège libre, il doit rester debout des heures durant. Par la fenêtre, dans les campagnes qui défilent, les prémices du Grand Bond en avant, la dernière fulgurance de Mao. On regroupe le monde agricole en communes populaires.

Il est immédiatement convié à une réception où il retrouve trois Russes qu'il connaît, à la tête desquels Beletski. Shi Zhanchun, qui a encore pris du galon, les a accueillis avec des brassées de fleurs sur le tarmac de l'aéroport. Il les a conduits sans délai chez l'adjoint du maréchal

He Long qui dirige désormais la Commission d'État pour la culture physique. L'ascension de l'Everest se négocie dans les plus hautes sphères et Liu Lianman apprend qu'il va faire partie d'une mission de reconnaissance. Elle commence ici, avec les trois « grands frères » qu'il lui faut accompagner jusqu'au Tibet où les attend Xu Jing. Gageons qu'il ne fait pas cette fois le trajet debout. Les wagons sont divisés en section « douce » et section « dure ». Ils voyagent en première, avec ses sièges rembourrés, à moins que ce ne soient des couchettes.

À Xining : terminus. Ils sont contraints de patienter plusieurs jours. La ligne aérienne reste fragile, les zincs militaires sont en panne. Des pilotes intrigués les questionnent sur leur équipement. « Nous allons reconnaître l'Everest », se vante Liu Lianman. Ils atterrissent finalement le 23 octobre, accueillis par Xu Jing. Ce dernier se trouve maintenant supérieur hiérarchique des Soviétiques qui l'ont formé. Il installe son monde dans la première maison d'hôtes du comité des travailleurs. L'édifice se situe sur un des terrains que les militaires ont préemptés à Lhassa, entièrement clos et gardé, juste en face du Potala.

Xu Jing conduit ensuite les Russes chez Tan Guansan, un des trois généraux de l'Armée populaire au Tibet. L'homme cumule ses fonctions martiales avec le poste de premier secrétaire du bureau du Parti. Il est aussi membre du fantoche Comité préparatoire à l'établissement de la région autonome du Tibet. Toutes les têtes sont coiffées de casquettes à visière portant l'étoile rouge. « Les gens ici ne nous comprennent pas », glisse un gradé à l'un des Soviétiques, qui rapportera cette phrase, visiblement interloqué. Manière élégante de résumer la défiance abyssale des Tibétains face à l'occupation chinoise. Une analyse que les Soviétiques prennent pour argent comptant. Dans leurs mémoires, ils ne citent que Winnington, Epstein et autres journalistes étrangers, maoïstes jusqu'au col.

Une sorte de bal est ensuite donné en leur honneur, toujours dans le quartier militaire. Officiellement, les trois Soviétiques forment une « délégation de visite du Comité pour la culture physique ». Ils sont là en tant qu'experts. On leur a prêté des uniformes d'hiver de l'Armée populaire : long manteau d'officier en peau de mouton, couvre-chef en renard et bottes fourrées. Ni vus ni connus, si ce n'étaient leurs visages slaves dans cet univers oriental. L'expédition « Everest 1959 » est encore sous le sceau du secret d'État et ceux qui y prennent part sont tenus au silence. Ils ne verront jamais les autorités tibétaines. Le dalaï-lama ignore tout du projet et que le Qomolangma (l'Everest) soit une montagne sacrée n'émeut aucun communiste. Les bouddhistes ne sont pourtant pas absolument opposés aux ascensions. Le treizième dalaï-lama, en son temps, avait délivré aux Britanniques un laissez-passer. Il est vrai que ces derniers s'étaient, eux aussi, imposés par les armes.

Beletski et ses deux compagnons ne témoigneront qu'à la fin de l'URSS dans le journal *Molodezh*, où j'ai retrouvé leurs notes de voyage. Ils dévoileront des photos les montrant avec leurs homologues chinois et des officiels en uniforme mao, lunettes rondes, tempes rasées et coupe balai-brosse. À moins qu'il ne s'agisse de soldats, chapka sur le crâne, lunettes d'aviateur relevées, vestes kaki rembourrées. Xu Jing est assis entre deux Russes, habillé comme eux de cette veste rendue très claire par le cliché noir et blanc. Son visage traversé d'un sourire imperceptible dégage une douceur qui tranche avec l'air directif des fonctionnaires. Les alpinistes qui se tiennent debout derrière, avec leurs abondants cheveux noirs, semblent ô combien plus avenants que leur hiérarchie. Xu Jing tient de ses deux mains son couvre-chef, presque timide semble-t-il. Mais qu'une expression figée sur un cliché peut être trompeuse !

Côté chinois, guère de souvenirs à glaner. La biographie de Liu Lianman est laconique sur cette reconnaissance à l'Everest. Xu Jing et Liu Lianman s'affairent. Ils ne tiennent pas de carnets et ont mille détails à régler. Il faut encore recruter des porteurs et réquisitionner des soldats. Un avion de fret tarde à arriver alors que le temps presse. La mission a été confirmée au dernier moment et l'automne 1958 est bien entamé. Les quelques arbres de Lhassa jaunissent à vue d'œil, les nuits se font froides. Si la saison adéquate en Himalaya s'ouvre après la mousson estivale, il ne faut pas non plus se laisser piéger par les prémices de l'hiver.

Devant la lourdeur de l'organisation, les Soviétiques proposent à Xu Jing de partir sans plus tarder avec un effectif réduit : onze camions escortés de soldats munis de fusils automatiques et équipés de mitrailleuses, tout de même ! Sans compter une section de mortiers dont les Tibétains ont épouvantablement peur. Selon leurs croyances, l'âme ne peut trouver la paix si le corps est mis en pièces. C'est dans cette atmosphère belliqueuse que les alpinistes des deux pays franchissent le fleuve Tsangpo, sur des barges, le 29 octobre. Un mois plus tôt, sur ce même axe, un véhicule militaire a été pris dans une embuscade de rebelles, qui a fauché seize soldats. Repoussée au Kham, la résistance armée gagne en effet le Tibet central. Elle a notamment été signalée dans le secteur de l'Everest…

La route fraîchement construite s'arrête à Shigatse, la ville du panchen-lama. Les Chinois soutiennent cette réincarnation plus acquise à leur cause que le dalaï-lama. Un « bouddha vivant qui construit le socialisme », abondent les Soviétiques sans rougir ! Xu Jing leur demande instamment la plus totale discrétion quant à leur mission. Les moines qu'ils rencontrent dans le palais d'été ne semblent cependant guère dupes. Sur les murs, les portraits des lamas côtoient ceux de Mao ou de Zhu De, le chef de l'armée. D'après Liu Lianman, un détachement de la garde du panchen-lama se joint au détachement qui doit poursuivre à l'aide de cent soixante yacks ainsi que de quarante chevaux de bât ou de selle. Les chiffres varient d'une source à l'autre. Ils sont dix alpinistes chinois pour trois Russes mais une centaine d'hommes composent la caravane qui poursuit vers l'Everest, y compris des interprètes du mandarin vers le tibétain.

Les bêtes portent des mitrailleuses lourdes, six mortiers et des obus d'artillerie. Xu Jing ou Liu Lianman vont à cheval, pistolet à portée de main. Ils sont exercés au tir. L'himalayiste mao manie les armes aussi bien que le piolet. Les Russes, eux, se plaignent d'être trop bien traités. On ne les laisse pas aider au bâtage des animaux comme ils ont l'habitude de faire au Pamir. Il ne leur reste plus qu'à écarquiller les yeux sur cet étrange pays où les communistes sont accueillis par des prières bouddhistes et hébergés dans des lamaseries. Le Tibet qu'ils découvrent en compagnie de Xu et Liu est sans âge. Ils surprennent les vautours déchiquetant des cadavres et voient les Tibétains tirer la langue, paumes jointes en signe de respect. Le svastika, cette croix gammée symbole d'éternité, leur rappelle l'insigne nazi d'une guerre qui a ravagé l'URSS. Ils ont rêvé du Tibet à travers les relations de voyageurs européens et avouent leur émerveillement entre les lignes.

Leur vision exotique tranche avec l'indifférence voire le mépris chinois. Le Tibet de Xu Jing n'a pas la même aura. Celui-ci a déjà attrapé des poux à force de fréquenter les hommes des plateaux. De quoi conforter la repoussante réputation des autochtones. Les Soviétiques soulignent eux aussi l'épouvantable saleté et le dénuement des Tibétains. Chaque jour, chaque soir, ils croisent des nomades au visage cuivré se rassasiant de thé au beurre rance et mastiquant du yack cru. « Le Moyen Âge en 1958 », note l'un des Russes qui ne doute pas que le maoïsme soit leur salut. Devant tant de misère, il confie cependant qu'il a, un instant, douté de l'opportunité de gravir l'Everest...

Xu Jing doit se battre au quotidien avec les chefs locaux pour faire avancer sa caravane. Les Tibétains sont réticents à fournir des chevaux ou même à vendre de la bouse de yack, seul combustible disponible sur les hauts plateaux. Liu

Lianman rapporte qu'il tance les récalcitrants : « Nous sommes envoyés par le président Mao ! Le panchen-lama et le dalaï-lama doivent écouter le président Mao ! » Des intimidations qu'il faut accompagner de quelques pièces en argent ayant toujours cours. Le yuan n'est pas encore en circulation dans la contrée.

Il faut chaque soir trouver un endroit sûr. Le détachement de soldats installe des positions sur les toits des maisons. Xu Jing affirme aux Soviétiques que de nombreux rebelles écument la région. La résistance khampa contrôle en effet des pans entiers du Tibet méridional et se rapprocherait même de Lhassa, assaillant des convois. On parle de quelques dizaines de milliers d'hommes ayant rejoint la lutte contre l'occupant. On les appellera d'un oxymore magnifique, les « guerriers du Bouddha », des combattants renonçant à la non-violence pour une guerre sainte derrière laquelle les Chinois dénoncent évidemment « la main de l'impérialisme ». S'il est vrai que Taïwan parachute du matériel, c'est surtout le déchirant chant du cygne d'une civilisation qui se sait mourir.

Xu Jing, Liu Lianman et leurs camarades vont tantôt à pied, tantôt sur de petits chevaux tibétains. Il faut abattre vingt-cinq à trente kilomètres par jour, remonter des vallées arides, passer des cols imperceptibles à des altitudes pourtant vertigineuses, sous le défilé des nuages écartelés par les vents. La contrée est presque vide et la vie s'y épuise, mais le 4 novembre, ils découvrent un camp qui s'avère être le quartier général d'un chantier stratégique. Une clause de l'accord sino-soviétique pour l'ascension de l'Everest prévoit la construction d'une piste de trois cent quatre-vingts kilomètres jusqu'au glacier du Rongbuk. Le comité central des travailleurs du Tibet est maître d'œuvre. Il faut niveler, araser, remblayer, poser des ponts. Des centaines de travailleurs triment pour raboter et percer la montagne. Les ingénieurs de l'armée commandent à des soldats démobilisés ou aux Tibétains à la corvée. Tout se fait à la main, aucune mécanique, aucun explosif, des femmes manient la pioche et la terre est convoyée dans des paniers. Au printemps prochain la future expédition devra accéder en camion au camp de base. Liu Lianman raconte que sur certaines sections les ouvriers sont obligés de s'encorder. Des vies sont déjà sacrifiées, faudra-t-il les additionner aux victimes en altitude ?

Xu Jing est bon cavalier. Le 7 novembre, il sommeille sur sa selle, les yeux mi-clos sur le panorama éblouissant. La caravane chemine avec langueur. Le ciel azur est aveuglant. Ils passent un énième col marqué d'un *lhapsa*. Une flèche en bois monte vers l'éther, reliée au sol par des drapeaux de prières et des chevaux de vent. À son pied, un amas de pierres gravées, d'ardoises peintes et de cornes de yacks. Les cols sont censés être peuplés d'esprits et les Tibétains les aménagent selon l'ancienne croyance bön greffée au panthéon bouddhiste. Il n'y a pas encore ici d'oriflammes rouges avec le portrait de Mao.

Un paysage neuf se découvre au regard. Des chaînes crénelées de sommets enneigés barrent partout l'horizon. Les officiers font signe de ne pas traîner, ils amorcent la descente. Soudain un Soviétique pointe une montagne en s'exclamant: Le Qomolangma ! L'Everest ! Le Qomolangma et puis le Lhotse, le Nuptse, le Makalu... Quelques-unes des plus hautes cimes de la Terre. Le présidium, comme disent les alpinistes russes. L'Everest dépasse toutes ses glorieuses voisines d'une tête. La partie sommitale est-elle sombre, balayée de sa neige par les vents d'altitude ? Ou bien immaculée d'une récente tempête ? Xu Jing et Liu Lianman avisent la lointaine pyramide en songeant aux épreuves à venir.

La radio met bientôt fin aux rêveries en annonçant qu'un important groupe de rebelles se déplace dans le secteur. On hâte le pas pour atteindre un endroit propice au bivouac. Les officiers, sur le qui-vive, s'étendent autour des Russes pour les protéger. Ces derniers ont en effet refusé les pistolets qu'on leur avait proposés à Pékin. Toute la nuit, ils doivent écouter les faits d'armes des vétérans de Mao. On leur narre inlassablement les combats contre l'occupant japonais et la guerre civile avec les troupes de Tchang Kaï-chek. L'aube se lève sans plus de frayeurs, mais plus loin, à Shekar, on interdit carrément aux Soviétiques de sortir de la bourgade. Ils se contentent d'errer dans les ruines de l'ancienne forteresse, d'où ils contemplent le Qomolangma, la déesse mère des neiges. Lui fait-on encore ici des sacrifices comme autrefois ?

Durant la nuit, les soldats se ruent brusquement sur leurs mitrailleuses – la troupe tibétaine n'est, elle, équipée que de vieilles pétoires et d'épées. Ce n'est qu'une fausse alerte.

Liu Lianman raconte que plus loin, à Tingri, en frappant à une porte, on leur ouvre armes au poing. Les mastiffs grondent derrière les murs de terre séchée. L'atmosphère est fébrile. Le secrétaire du comité local est enfin déniché. C'est un Han qui leur trouve un toit, un de ces intérieurs organisés autour du poêle et agrémentés de quelques banquettes. Les hommes sont souvent absents, partis avec la dernière caravane avant l'hiver. Des femmes surgissent de l'entrebâillement des portes, sous des crânes de yacks blanchis, armées de théières. On nourrit les voyageurs de fromage blanc baratté avec vigueur.

Les Soviétiques, eux, rapportent qu'ils s'entretiennent dans cette localité avec des hommes ayant participé à la première ascension de l'Everest cinq ans auparavant. Elle s'est déroulée côté népalais et avec les Britanniques mais il faut croire que certains porteurs venaient de Tingri.

Enfin, le 16 novembre, après trois cent cinquante kilomètres, ils parviennent à la lamaserie de Rongbuk, perchée à 5 120 mètres. C'est un des plus hauts lieux de culte du monde, sacré depuis des siècles, dont le nom signifie « monastère des neiges ». La face nord de l'Everest sert de décor grandiose aux quelques bâtisses blanchies ornées de drapeaux de prières et à un grand stupa doré. Les pèlerins mettaient des mois à l'atteindre, marmonnant des mantras du bout des lèvres dans l'air raréfié, triturant leurs chapelets de perles et entraînant d'un geste infime du poignet un moulin à prière. Ils ravitaillaient en orge, thé, beurre de yack ou étoffes les quatre cents moines formant l'âme de la vallée. Leur supérieur est l'une des réincarnations les plus vénérées des Tibétains.

Aux alentours se trouvent des cellules primitives où des ermites vouaient autrefois leur existence à la méditation, espérant atteindre le nirvana. Leurs pairs les nourrissaient quotidiennement d'un peu de farine d'orge et d'une tasse d'eau. Mais à l'automne 1958, quand se présente l'expédition sino-soviétique de reconnaissance, le monastère de Rongbuk n'est plus que l'ombre de ce qu'il a été et ce sont essentiellement des

Occidentaux qui ont décrit ce monde révolu. Le dernier en date était un Danois nommé Larsen, décidé à vaincre l'Everest en solitaire. Parvenu à Rongbuk avec ses porteurs en 1951 alors que les troupes chinoises étaient déjà dans Lhassa, il avait échoué à gravir le col nord et s'était réfugié au monastère. Les lamas l'avaient dissimulé aux soldats qui le recherchaient.

D'après un Soviétique, une trentaine de moines peuplent les lieux, les autres mendient à travers le Tibet au profit de la communauté. Liu Lianman évoque, lui, des effectifs plus importants. Le lama supérieur, qui n'est autre que l'oncle du sherpa Tenzing, n'a pas encore fui ou été arrêté. Sont-ils émus par les teintes chaudes des tangkas, les poutres peintes de démons et de tigres, qui tranchent avec le désert du dehors ? Comme d'ordinaire, pas un mot sur les sentiments qui traversent ces hommes. Xu Jing donne l'ordre de dresser le camp de base un peu plus haut, au contact du front glaciaire. Le calendrier indique la mi-novembre. L'hiver est imminent.

Les glaciers du Rongbuk

Ce sont les Anglais qui ont appris à ce bas monde que l'Everest en était le toit. La rhétorique maoïste prétend, elle, que la cime était portée sur d'anciennes cartes chinoises tout en qualifiant les Britanniques de « bêtes et incultes ». Il est vrai que les Tibétains connaissent cette montagne depuis la nuit des temps. Se souciant plus volontiers d'affaires célestes que de topographie, ils ignoraient cependant qu'elle surpassait toutes les autres. Peu leur importait.

« Everest » est un hommage à l'arpenteur général des Indes britanniques dans un contexte colonial qui a mené les troupes de Sa Majesté jusqu'à Lhassa. Une exception dans l'Himalaya, la seule fois où le nom d'un fonctionnaire a chassé celui d'une déesse millénaire. Une toponymie profane qui aurait pu plaire au régime communiste ! Plutôt qu'une victoire sur les superstitions, Pékin préfère pourtant y voir un héritage honni. Les Anglais occupent toujours Hong Kong et Pékin n'a jamais digéré les guerres de l'opium. Le ressentiment contre les puissances étrangères, mêlé à la consternation de se trouver sous-développé, est le ciment de la Chine de Mao, le moteur de ses plans quinquennaux. Le gouvernement populaire rejette toute évocation « impérialiste » et, dès 1952, il a adopté par décret le nom vernaculaire de Qomolangma. La révolution ne respecte-t-elle pas la culture tibétaine ? L'agence de presse Xinhua a diffusé la décision à travers tout le pays. L'occasion de clamer que la plus haute cime de la Terre est désormais sienne.

Personne n'en parle dans les récits mais il est probable que Xu Jing, Liu Lianman et les Soviétiques pressent les moines de questions. Les lamas les plus âgés se souviennent forcément des dernières expéditions étrangères, notamment britanniques. Le groupe de reconnaissance sino-soviétique est loin d'être le premier à planter le camp sous le glacier du Rongbuk. Si personne n'a atteint la cime de l'Everest par ce versant, sa conquête a commencé ici, dès 1921. Les Anglais ont mené pas moins de sept tentatives côté tibétain et, si elles ont toutes échoué, leurs alpinistes y ont dépassé pour la première fois dans l'histoire de l'humanité l'altitude fantastique de 8 000 mètres.

Xu Jing connaît l'histoire de ces expéditions. Sur les conseils des Soviétiques, deux professeurs d'anglais de l'université de Pékin ont été chargés d'éplucher les numéros du bulletin de la Royal Geographical Society. Liu Lianman lit avec peine mais on a dû lui raconter dans les grandes lignes ces tentatives avortées des années 1920 et 1930. Ils sont là pour en balayer la mémoire. La Chine interdit désormais l'accès du Tibet au reste du monde et les hauts plateaux sont murés dans le silence du régime communiste. Le versant nord de l'Everest est devenu chasse gardée, promise à leurs cordées. La victoire est inéluctable.

À quoi bon d'ailleurs une reconnaissance ? Les rapports des expéditions anglaises sont suffisamment précis. L'itinéraire semble clair. Les Soviétiques veulent malgré tout s'assurer que les seracs n'ont pas évolué et que l'accès au fameux col nord reste praticable. Il s'agit de graver dans le marbre une voie d'ascension pour le printemps suivant. La saison étant avancée, Xu Jing se laisse convaincre par les Soviétiques de diviser le groupe. Lui-même mènera quelques hommes sur la langue centrale du Rongbuk tandis qu'Evgueni Beletski reconnaîtra le glacier oriental, emprunté par les cordées britanniques. La plus grande expertise du Russe justifie cette répartition des rôles mais Xu n'en pense peut-être pas moins. La population chinoise n'apprécie pas toujours ces conseillers jugés méprisants. S'en faire écho peut cependant mener directement au laogai, pour quelques années de labeur forcé.

Le 17 novembre, les deux équipes de huit personnes chacune – alpinistes, porteurs, soldats – s'élancent. Elles passent le long mur de pierres gravées qui délimite l'entrée dans le sanctuaire du Qomolangma. La partie supérieure de la vallée est considérée comme sacrée par les bouddhistes et ce jusqu'au sommet. Il est défendu d'y abattre le moindre animal, mais les Chinois n'en ont cure et chassent les lièvres tibétains qui pullulent. En chemin, les hommes conversent par le truchement d'interprètes ou par gestes. Les Soviétiques apprennent qu'en chinois on montre l'auriculaire pour signifier quelque chose de « mal », quand le majeur caractérise un élément positif. C'est cette Internationale-là qui s'apprête à gravir l'Everest.

Les deux groupes cheminent de concert jusqu'à la confluence des glaciers. Ils possèdent pour s'orienter les cartes d'un certain Oliver Wheeler, membre d'une expédition topographique en 1921. Ils marchent dans les pas des Anglais et Xu Jing déniche régulièrement des emplacements aplanis de bivouac, des boîtes de conserve et autres piquets de tente que Liu Lianman tente en vain de dégager à l'occasion.

L'ancien Empire britannique et ses ambitions perdues se rappellent partout au nouveau propriétaire chinois.

Le groupe dirigé par Xu Jing remonte le glacier central de Rongbuk, qui mène directement sous la face septentrionale. Il semble impossible d'atteindre le col nord de ce côté mais sa mission est de s'en assurer. Les hommes se fraient lentement un chemin dans le chaos de glaces, recherchant les crêtes plus aisées des moraines. Liu Lianman suit, ainsi qu'un Russe qui ne tarit pas d'éloges à son sujet : « Il porte des sacs à dos énormes, s'active avec compétence au bivouac. » Liu Lianman semble préposé au réchaud, sur lequel on fait bouillir casserole après casserole. L'eau chaude sert à tout, « thé, nouilles et à nouveau du thé ». Rien d'autre en vérité que trois feuilles nageant dans les tasses.

Ils sont accompagnés de porteurs tibétains et de soldats juvéniles. Des gamins de vingt ans qui brandissent leurs armes fièrement. Sur un cliché noir et blanc, on les voit mitraillette à la main à près de 5 300 mètres – croient-ils vraiment à l'éventualité d'une embuscade dans le dédale de crevasses ? Xu Jing et les Russes comparent les altitudes portées sur la carte aux indications de leurs anéroïdes. Personne n'est sérieusement revenu sur ce versant depuis la dernière expédition dirigée par Bill Tilman, en

1938, énième tentative d'un vain acharnement anglais. Tilman... Xu Jing et Liu Lianman connaissent ce nom. C'est aussi lui qui avait échoué au Mustagh Ata avant qu'eux-mêmes ne réussissent.

Les réchauds brûlent mal, faire cuire le riz à près de 6 000 mètres, où l'eau bout dès quatre-vingt degrés est fastidieux, et les Soviétiques de manière générale s'inquiètent du régime alimentaire de leurs camarades. Les Chinois mangent bien trop peu à leur goût. Déjà, lors de l'ascension commune au pic Lénine, leurs hôtes avaient remarqué qu'ils « ne se nourrissaient que de riz et de petits pois. Ils refusaient le sucre [...]. Lors d'efforts soutenus, ils tombaient parfois dans les pommes. » L'affaire avait été réglée par un interprète « en déclarant que le père Mao avait ordonné de manger la cuisine russe » !

Au bout de quatre jours, à 6 200 mètres, le groupe de Xu Jing découvre la pente occidentale du col nord. Ils veulent s'en rapprocher malgré des séracs menaçants et la probabilité d'avalanches meurtrières. Personne ne s'est jamais aventuré de ce côté-là. Le Soviétique aurait bien tenté l'ascension mais ses alter ego chinois sont mal lotis. Xu Jing a négocié *in extremis* des bottes fourrées et une veste en duvet avec un marchand de Tingri. Liu Lianman ne porte que des chaussures estivales auxquelles on ne peut guère adapter de crampons. Leur équipement est rudimentaire. C'est sans parler des soldats et des porteurs vêtus de vestes en coton. Ils comptent tous sur l'URSS pour fournir le nécessaire avant le printemps prochain.

Xu Jing se contente de photographier la paroi sous tous les angles afin de documenter leur rapport. « Compliqué mais envisageable en cas de nécessité », sera la conclusion de ce repérage sur le glacier central de Rongbuk. Les hommes tentent aussi de détailler à la jumelle l'arête qui mène depuis le col nord jusqu'au sommet. Ils savent qu'elle est ponctuée de ressauts rocheux qui ont fait renoncer les Anglais, mais d'ici on ne distingue rien de probant. Ce sera aux meilleurs d'entre eux de se débrouiller là-haut, à 8 000 mètres. La reconnaissance n'a pour but que de mettre l'expédition sur les rails.

Il est temps de rentrer au monastère, où l'autre groupe les rejoint bientôt. Xu Jing met militairement tous les hommes en rang d'oignons. Il félicite ses troupes avant que Beletski ne rapporte ses observations. Le col nord est toujours accessible par la langue orientale de Rongbuk. C'est plus long mais beaucoup moins périlleux que de l'autre côté. Par ailleurs, ils ont retrouvé le cadavre d'un porteur vers 6 400 mètres, près du camp numéro 3 des tentatives anglaises.

Xu Jing peut s'endormir soulagé. Il a conduit à bien sa mission avant l'arrivée des premiers blizzards.

Entre-temps, le camp de base a pris des proportions villageoises. Sont arrivés des topographes et autres techniciens. Des dizaines de tentes s'alignent désormais devant l'Everest et un réseau de stations météorologiques doit être établi jusqu'au pied du col nord. Certains vont passer l'hiver à Rongbuk pour préparer une expédition qui se veut bien plus que de l'alpinisme. C'est une affaire nationale, de géographie politique et de sciences dures. Les militaires, eux, ont carrément pris leurs quartiers dans le monastère « sur invitation des moines ». Leurs barils de fuel sont entreposés sur un versant sacré et ils égorgent les yacks sans plus s'éloigner. Même les Russes s'indignent qu'on insulte ainsi la foi des lamas.

À l'intérieur des bâtiments, un poste radio a été installé pour communiquer avec un Tupolev-4 qui survole les flancs de l'Everest. Le progrès remplace les mantras pour communiquer avec le ciel et les Soviétiques veulent des photographies aériennes de l'arête sommitale. Notamment de ces fameux ressauts rocheux qui ont fait échouer les Britanniques. Ils se demandent s'il serait possible de les contourner. Ils sont aussi preneurs de clichés du col nord, afin d'étudier l'opportunité d'y larguer du matériel. Pékin ordonne pourtant l'arrêt de ces vols de repérage. Sans doute s'agit-il de rester discret sur cette expédition imminente et de se garder d'une protestation diplomatique népalaise. Beletski et ses deux camarades en sont réduits à jouer avec les boutons et les longueurs d'onde. À leur grand étonnement, ils parviennent à capter Moscou !

Sur le chemin du retour, ils trouvent le chantier de la piste bien plus près qu'ils ne l'avaient laissé. Au point de ne pas reconnaître un village dans lequel sont installés contremaîtres et ouvriers. Il s'est mué en une forêt de tentes chinoises kaki ou tibétaines, en laine. Des sacs de riz sont entassés ainsi que quantité de pelles, de pieds-de-biche, de poteaux en bois. La route de terre tire un trait clair à flanc de relief. Les ouvriers se réchauffent autour de feux dont le vent balaie la fumée avec la poussière. Aucun véhicule encore, mais de lourdes caravanes de yacks et d'ânes qui seront vite remplacées par la mécanique. Xu Jing s'entretient avec la direction. On lui assure que la piste ralliera le monastère de Rongbuk dès janvier. Adieu les hautes solitudes. Au printemps prochain, les hommes parviendront en deux jours de camion au pied de l'Everest au lieu de ces semaines interminables.

Le 30 novembre, Xu se débrouille pour dénicher de la vodka de riz et du mauvais vin dans un petit temple tibétain où ils passent la nuit. Le gong retentit cinquante fois devant les tangkas et les représentations du Bouddha. Un décor mystique pour un anniversaire soviétique, celui d'Evgueni Beletski. L'homme fête ses cinquante ans, il appartient à la génération pionnière des alpinistes russes, celle qui a traversé les purges staliniennes et la guerre contre l'Allemagne nazie. Comme ses compatriotes, il se verrait bien achever sa carrière sur le toit du monde, être un Gagarine avant l'heure, là-haut, à l'Everest…

Ils atteignent enfin Tsoola, où circulent déjà des camions, *made in USSR*. Est-ce là qu'ils posent tous ensemble dans la steppe d'altitude, pour une dernière photographie ? Russes et Chinois se tiennent par les épaules. Les premiers sont reconnaissables à leur stature et parmi les seconds on distingue Xu Jing, toujours aussi discret, disparaissant sous sa chapka en renard, presque efféminé. À droite du cadre, deux véhicules ZIL bourrés de militaires attendent le départ. Ils rejoignent Shigatse en quelques heures au lieu de quatre jours à l'aller. La cabine du lieutenant de l'escorte est surplombée d'une mitraillette, précise quelqu'un. Des mentions récurrentes qui n'augurent rien de bon. Le 9 décembre, le convoi rallie Lhassa, où les accueille un Shi Zhanchun en visite opportune au Tibet. Les choses se précisent. Le comité central du Parti communiste chinois a débloqué des moyens illimités pour le projet « Everest 1959 ».

Il faut maintenant les imaginer dans une salle enfumée, préparant le plan d'assaut du printemps. Les Chinois sont de grands consommateurs de tabac et Mao lui-même montre la voie en la matière. Tous s'encrassent les poumons en débattant d'air raréfié et de haute altitude. Dans l'odeur âcre des cigarettes de Shanghai les débats achoppent sur la date de départ. Les Russes veulent une arrivée en avril par peur d'une neige profonde et d'avalanches. Xu Jing pense au contraire qu'il faut attaquer dès mars et que les Anglais ont échoué en raison d'une saison trop avancée. Ils palabrent, ils rédigent des brouillons. Les caractères chinois se mêlent aux lettres cyrilliques. Malgré le communisme qui les unit, c'est un choc culturel. Les Russes aiment les formules générales, Xu Jing veut préciser les tâches de chaque partie : l'acquisition d'un moteur, la fourniture de la vaisselle, l'approvisionnement en fuel… Il y a mille détails à régler. Shi Zhanchun insiste pour que cette fois tous portent un pistolet, Soviétiques compris. Ils tombent aussi d'accord pour informer le dalaï-lama et le panchen-lama de leur entreprise.

Les pourparlers se poursuivent dans un hôtel pékinois autour de plats divers où chacun pioche de ses baguettes. Beletski et ses deux acolytes s'en retournent à Moscou dans la foulée. Le rendez-vous historique a finalement été fixé au 1er avril 1959, avec une arrivée à Lhassa fin mars. Les participants des deux pays devront être acclimatés au préalable. Dans ses grands axes, l'accord russo-chinois est prosaïque. Les Soviétiques fourniront les équipements et apporteront leur expertise en altitude. Les Chinois ont imposé d'être majoritaires et de parvenir les premiers au sommet de l'Everest, histoire de ne pas se faire voler la vedette.

Du piolet à la mitraillette

Liu Lianman et Xu Jing n'ont guère pu passer que quelques semaines dans leurs foyers. Les syndicats, les usines, ont été obligés de libérer les membres de cette expédition historique, dont l'objectif n'est pas encore public. Ils se sont acclimatés une partie de l'hiver dans la chaîne des Nyainqentanglha, au nord de Lhassa. Tout est prêt. Les caisses d'équipement envoyées d'URSS ont été livrées par le rail. Le Tupolev affrété par les Soviétiques doit atterrir à la fin mars. En attendant, ils logent dans cette même maison d'hôtes du comité des travailleurs qui fait face au Potala, tendu d'immenses portraits de Mao et de Staline.

Liu Lianman relate dans ses mémoires qu'il fréquente à l'occasion le commissaire politique de l'armée au Tibet, le général Tan Guansan lui-même. Celui-ci lui dépêche des soldats pour l'escorter jusque dans ses quartiers, où ils disputent des parties de go tout en s'abreuvant de thé. Autrement, Liu Lianman complète avec Xu Jing les effectifs de l'expédition et s'occupe de l'instruction des recrues. Il est secondé par un Tibétain, officier de la garde du panchen-lama, qui assure notamment la traduction. Marxiste au grand cœur, Liu se vante d'interdire qu'on maltraite les hommes des plateaux. La formation court de 6 heures à 21 heures, sans jour de repos. Le soir, ils entonnent une chanson composée à leur intention : « La tente est notre maison, la montagne est dans les nuages, la neige roule… » Ça parle de départs avant l'aube, du vent, du gel, des crevasses. On est toujours stupéfait dans les régimes communistes par la mièvrerie de ce genre de paroles au regard de la cruauté des événements. Un communisme qui, *a contrario*, s'adresse aux enfants à coups de slogans politiques.

En ce début 1959, l'accord en dix-sept points censé régir l'occupation du Tibet depuis près d'une décennie est largement bafoué. Les Chinois sont devenus omniprésents. Des haut-parleurs vantent les mille vertus du Parti quand ce ne sont pas des projections de films de propagande. Les petits Tibétains se rendent à l'école en short et casquette, un foulard rouge noué autour du cou. On leur enseigne le mandarin et la science avec interdiction d'entrer au monastère. La réforme agraire, qui redistribue les immenses domaines des nobles, bouleverse l'ordre séculaire. Les militants dissuadent les paysans de gaspiller leurs récoltes en offrandes aux esprits. Des lectures publiques rassemblent les villageois pour leur exposer les principes de l'égalité. L'ordre ancien, d'abord ménagé, est désormais sapé dans ses fondements.

Le Tibet sort de son éternité féodale. Fini les Dokpas faisant paître les troupeaux des lamas. Les miséreux sont affranchis de leur servage et intègrent des fermes collectives. « Libérer la puissance de production agricole ! » clame un slogan. Là où le clergé craignait d'attiser la colère des dieux en utilisant les eaux du fleuve sacré, les Chinois établissent un système d'irrigation. Un hôpital digne de ce nom est même apparu dans Lhassa. Les Tibétains « avancent à pas de géant sur la voie du socialisme » et font un « véritable bond par-dessus les siècles » ! Voilà le point de vue chinois qui n'est pas dénué d'arguments.

Les griefs des Tibétains sont pourtant innombrables, jusqu'à ces chiens errants qu'ils chérissent et que les Chinois déciment. Les dignitaires se sentent spoliés, les moines déchus. Le Tibet appartenait aux seigneurs, il appartient désormais à Pékin sans que les gueux y aient vraiment gagné au change. Les habitants ont conscience de peupler un pays arriéré, mais rechignent à troquer leur âme contre le progrès. Certains collaborent avec l'occupant en échange de cadeaux. D'autres s'accrochent à ce monde coloré et fantastique qui tranche sur les ternes habits maoïstes. Ils persistent à croire que chaque existence est dictée par un karma et que leur sort résulte moins d'une oppression de la classe dominante que d'une vie antérieure.

Devant l'hostilité croissante, les Chinois se montrent agressifs. L'étau policier et idéologique se resserre. Le dalaï-lama a perdu tout pouvoir, cantonné à une assemblée « populaire » dont il ne comprend même pas la langue de travail. La situation est devenue explosive, la résistance tibétaine détruit des ponts et piège les convois, coupant régulièrement la nouvelle piste venant du Sichuan. Le médecin de l'expédition, Weng Qingzhang, qui atterrit début février sur les hauts plateaux, racontera avoir aussitôt senti une tension inédite. On vient le chercher à l'aéroport en blindé et très vite, les virées dans les montagnes avoisinantes sont interdites. On ne s'entraîne plus que dans l'enceinte militaire. L'ascension de l'Everest se prépare en plein cœur de la ville sainte.

Les rebelles khampas sont discrètement présents dans Lhassa. Ils accusent le cabinet du dalaï-lama de trahison. La colère monte. C'est l'heure du tristement célèbre soulèvement de 1959. Liu Lianman explique que tout commence

« après la fête du printemps », le 10 mars. Une « révolte antichinoise et anticommuniste ». Les événements sont pour le moins confus et soixante ans après, on peine à y voir clair. Il est question d'une invitation au dalaï-lama pour une pièce de théâtre dans la zone militaire qui jouxte le Norbulingka, son palais d'été. La rumeur d'un enlèvement du dieu vivant se propage comme l'éclair dans la population. Ce ne serait pas la première fois qu'un lama disparaîtrait de cette manière. Des milliers de Lhassais se massent soudain devant la résidence pour protéger Sa Sainteté.

La situation s'envenime inévitablement. Un ministre tibétain escorté d'un officier chinois est lapidé par erreur. La foule scande des slogans « réactionnaires », regrette Liu Lianman, tels que : « Chassez les Chinois du Tibet ! » Les habitants surveillent le Norbulingka afin que le dalaï-lama indécis n'en sorte pas. Les jours suivants, des barricades s'élèvent à travers la cité en ébullition. L'armée tibétaine ouvre grand les arsenaux au peuple : vieux fusils et mortiers. Elle-même se positionne sur le Potala et autres points hauts de la ville. Elle bloque la route de l'aéroport, où sont massés chars et automitrailleuses chinois. Les sites militaires, ainsi que le comité des travailleurs du Tibet où réside l'équipe d'alpinisme, sont encerclés.

On ne sait pas si Xu Jing est alors à Lhassa, mais Shi Zhanchun et le futur héros de l'Everest Qu Yinhua s'y trouvent avec Liu Lianman, qui raconte. Ordre est donné de rester cloîtrés, de s'exercer dans la cour et de se préparer à combattre. L'Armée populaire de libération manque d'effectifs dans la région. Qu'importe que leur mission soit de gravir l'Everest, il faut prêter main-forte. Le médecin de l'expédition corrobore ces affirmations. Selon lui, le comité des travailleurs ordonne alors la constitution de milices. L'équipe d'alpinisme compte une centaine d'hommes. Comme dans toute société communiste, ses membres sont rompus au maniement des armes et troquent aisément les piolets pour des fusils. Le médecin précise encore qu'une sorte de tranchée communique avec les militaires cantonnés à côté. Tous patrouillent jour et nuit, assiégés. « Nos véhicules ont disparu des rues, Lhassa est aux mains des rebelles. »

Liu Lianman s'inquiète que le personnel du bâtiment qu'ils occupent soit entièrement tibétain. L'expédition elle-même comprend de nombreux éléments du terroir. Certains les assurent de leur loyauté dans un mauvais mandarin. Ils ont été recrutés parmi les couches les plus défavorisées de la société et sont censés se montrer redevables. Les Chinois s'arrangent malgré tout pour que leurs « frères » montent la garde dans la cour et ils verrouillent la porte de l'intérieur. Liu Lianman ne dort qu'à tour de rôle avec un officier. D'après lui, parmi les recrues locales, six étaient prêtes à se joindre aux rebelles. Les autres « refusent d'assassiner les Chinois », analyse-t-il.

Les forces de Pékin se préparent à réprimer le soulèvement en encerclant la cité. Les pièces d'artillerie sont pointées vers les hauts lieux de la ville sainte. Pourtant le 17 mars, dit Liu Lianman, ce sont les rebelles qui attaquent. Les combats lui évoquent « les feux d'artifice au nouvel an chinois ». Lhassa résonne de tirs. L'équipe d'alpinisme est prise pour cible par deux canons depuis la colline sacrée de Chakpori. Des sources font même mention d'une attaque au corps à corps. Des indications à prendre avec des pincettes mais Liu Lianman rapporte que lui et ses camarades doivent se défendre seuls avant qu'un régiment d'artillerie du Henan vienne les soutenir et que des véhicules blindés ne verrouillent les rues voisines. Une interprète montée sur un toit est éraflée à la tête par une balle perdue. Les troupes chinoises attendent des renforts dix jours durant.

Dans la soirée du 19 mars, se souvient Liu Lianman, les choses se calment, et le 20, l'armée, qui a massé quinze à vingt mille soldats autour de Lhassa, donne l'assaut à 2 heures du matin. Elle pilonne le Norbulingka où se trouve le dalaï-lama, vise plusieurs édifices notables et des quartiers au hasard, nappés de fumée. Le général Tan Guansan, avec lequel Liu Lianman jouait au go quelques jours plus tôt, dirige les opérations. Les haut-parleurs enjoignent à la population de se rendre. La colline de Chakpori avec son école de médecine tibétaine est bombardée jusqu'à reddition. L'institution est aujourd'hui rasée. Le Potala n'est pas non plus épargné, malgré les dénégations postérieures des autorités.

Le médecin de l'expédition note : « L'armée a lancé une contre-attaque générale. Les coups de feu ont retenti à l'aube, un obus a atterri dans notre entrée, tuant un soldat. » Il se précipite pour secourir les blessés tandis que les alpinistes jouent les brancardiers sous les balles qui sifflent. Ils ne se contentent néanmoins pas de transporter des civières. Nous avons « plongé dans la lutte contre-insurrectionnelle », déclarera sans plus de précisions un des futurs vainqueurs de l'Everest, un Tibétain…

Liu Lianman est plus prolixe à ce propos et relate, qu'une nuit, leur milice participe à une offensive sur l'imposant monastère de Sera. Les milliers de religieux ne restent pas stoïques devant l'abolition de leurs privilèges et les sacrilèges de l'occupant. En particulier les *dob dob*, ces « moines-soldats » aux cheveux longs. Notoirement illettrés, ils s'exercent à la dure et se bagarrent violemment quand ils ne soufflent pas dans les longs instruments à vent qui animent les grandes cérémonies. Ceux-là veulent en découdre, quitte à mourir avec leur vieux monde. En compagnie d'autres frères de robe, quelques-uns ont même tenté de s'emparer du dépôt d'armes du Potala.

Les généraux chinois tiennent là l'occasion de mater l'un des sanctuaires du bouddhisme tibétain, une institution multiséculaire. Liu Lianman, toujours lui, décrit. Ils ont quitté Lhassa vers 22 heures afin d'attaquer à l'aube. Cinq kilomètres les séparent de Sera et de ses cinq mille moines. Le monastère encerclé par les tanks est grêlé d'obus depuis quelques jours déjà. Le lama Sharpa est néanmoins parvenu à s'enfuir avec une escorte restreinte. Les Chinois le savent-ils ? Liu Lianman ne s'étend guère sur l'assaut mais celui-ci semble bref. Au signal, ils se mettent en ligne et descendent avec discipline, mitraillette au poing, depuis une colline. Les membres du clergé sont contraints de se rendre. Liu Lianman rapporte que sont saisis plus de quatre cents fourches, fusils, deux canons et des épées…

Des armes dérisoires face à l'arsenal de l'Armée populaire, mais la preuve que les lamas sont de dangereux contre-révolutionnaires. « Les bonzes ont été contraints à la rébellion par le chef du gouvernement tibétain », explique Liu Lianman, qui ajoute qu'ils sont libérés dans la foulée. On sait pourtant que des milliers d'entre eux – ils représentaient jusqu'à dix pour cent de la société tibétaine – furent condamnés aux travaux forcés, au mariage, à la vie séculaire. Les Chinois se livrèrent aussi à des exécutions sommaires, parfois atroces, et à des incarcérations *ad vitam*.

L'insurrection est désormais écrasée. Les chars patrouillent à travers la capitale tibétaine, au Jokhang, sur la place du Barkhor et dans d'autres lieux sacrés. De nombreux édifices sont endommagés voire en ruine et la troupe entre dans le Potala le 22 mars. C'est ce jour-là que les Soviétiques doivent décoller de Moscou. Le camp de base de Rongbuk est prêt, la piste a été achevée par trois mille ouvriers, le service de météorologie est opérationnel. Mais en revenant du monastère de Sera, Liu Lianman apprend avec ses camarades l'annulation *in extremis* de l'expédition à l'Everest. Le Tibet est à feu et à sang. Dans la frange méridionale, les Khampas attaquent les garnisons chinoises, massacrant sans faire de prisonniers. L'heure n'est plus à l'himalayisme.

« La révolte fomentée au Tibet par les agents impérialistes empêcha l'ascension du Qomolangma de 1959 », se souviendront les Soviétiques qui eurent bien du mal à digérer la nouvelle. L'Everest leur semblait promis et l'on dit qu'à Moscou Kirill Kuzmin avait les yeux humides en renvoyant ses hommes sur le départ. Pour ces Russes, la montagne était devenue une passion quand les Chinois en faisaient une affaire d'État. Liu Lianman et les siens, eux, n'eurent pas le temps de la déception. Le comité du travail du Tibet ordonne un « nettoyage » de Lhassa. La milice des alpinistes est chargée de fouiller le Potala et de mettre aux arrêts les derniers combattants. Ils explorent le palais dont les peintures sacrées sont saccagées, collectent et archivent les trésors.

Voilà ce que l'on sait du rôle des alpinistes de Mao dans ces heures sombres du toit du monde. On n'ose trop imaginer les sévices et vexations auxquels ils se sont livrés. Liu Lianman reste pudique et colle à la propagande. « Bouddha n'est qu'un sale réactionnaire », écrit-il. Certes, mais tous les survivants du soulèvement de 1959 ont rapporté des horreurs. Des milliers – les sources officielles n'en admettent que quelques centaines – de corps jonchant les rues, des rafales à bout portant partout dans les monastères, sans parler des mises aux fers. On dit que les Chinois inspectèrent chaque cadavre du Norbulingka à la recherche de celui du dalaï-lama. Où se trouve-t-il, le moine-roi que son peuple a voulu sauver ? Dans ces derniers jours de mars, il marche vers l'Himalaya et la frontière indienne. Il a réussi à prendre la fuite le 18, deux jours avant l'assaut chinois, travesti en simple garde, un vieux fusil sur l'épaule. Le jeune homme de vingt-quatre ans traverse désormais les hauts plateaux à la hâte, escorté de cavaliers khampas. Ils franchissent des cols à 6000 mètres d'altitude tandis que des avions chinois les traquent depuis le ciel. Mao, pour sauver la face, assurera l'avoir laissé s'échapper. Des rumeurs circuleront sur l'or colporté par la caravane et son train de vie odieux.

Le 28 mars, un communiqué annonce officiellement l'échec du soulèvement et la dissolution du gouvernement tibétain. Le général Tan Guansan instaure un pouvoir fantoche pour une dictature militaire de fait. Le dalaï-lama est remplacé par le panchen-lama, sous l'étroit contrôle de Pékin. Des dizaines de milliers de réfugiés sont sur les routes de l'exode, pourchassés par des régiments entiers. Ils rejoindront leur chef en Inde, révélant les cruautés de l'armée chinoise : enterrements vifs, étranglements, noyades, décapitations, familles décimées, enfants arrachés à leurs parents… Des exactions documentées qui n'eurent jamais aucune conséquence. En 1959, comme lors de l'invasion de 1950, l'ONU ne se préoccupa guère du Tibet.

Les alpinistes chinois, démobilisés, rentrèrent à Pékin « écœurés », détaille Liu Lianman qui fait plutôt allusion à des turbulences aériennes. À quoi songent-ils, alors qu'ils toisent les nuages ? Ils devaient conquérir le Qomolangma, ils ont maté le peuple qui voit en lui un sommet des dieux. Il ne fait guère de doute qu'ils ont du sang sur les mains. L'himalayisme maoïste est avant tout politique, non une liberté d'Occidental épris d'altitude. Il n'est même pas qu'une affaire de gloire et d'exploit patriotique. C'est une conquête militaire d'un territoire, jusqu'à ses éminences les plus vertigineuses. Voilà ce que j'ai compris avec consternation au détour des mémoires de Liu Lianman.

Ces hommes-là obéissent à des raisons supérieures. Leurs existences tout entières sont régies par le Parti. Rendu à Pékin, Liu Lianman n'est pas autorisé à continuer vers Harbin visiter sa femme gravement malade. C'est elle qui le rejoint avec leur fille de deux ans, mais à peine arrivée à la gare, elle doit être hospitalisée. Une relation de Liu trouve une nounou pour la petite et il peut instruire de nouveaux grimpeurs avant de rejoindre les Tian Shan qu'il parcourt à cheval pour le compte du ministère de la Géologie et des Mines. De Xu Jing en revanche, on ne sait guère s'il est déjà marié ou père. Ce n'est pas ce qui intéresse la postérité maoïste. Celle-là préfère les ascensions réussies et les grandes dates du régime.

On sait seulement qu'il rejoint l'équipe d'alpinisme au Xinjiang, où l'on s'apprête à gravir une deuxième fois le Mustagh Ata. À défaut d'Everest, c'est là-haut qu'on célébrera le dixième anniversaire de la République populaire. La région ouïghoure est plus apaisée que le Tibet et le prodigieux volcan constitue un terrain idéal pour aguerrir les troupes. Son approche aisée et ses pentes faciles en font un sommet-école de l'himalayisme. Tout le monde y fera ses classes. Xu Jing dirige cette ascension de masse comme seuls les communistes les chérissent. Quarante-quatre personnes atteignent la cime, dont huit femmes qui établissent un « record d'altitude ». La Française Claude Kogan s'était pourtant hissée plus haut encore.

Dans la *Peking Review* d'août 1959, un participant raconte qu'au sommet Xu Jing serre toutes les mains avec émotion. Ils sont montés sans les Soviétiques et avec de fraîches recrues amenées à briller dans ces pages. Xu Jing glisse une preuve de passage dans une boîte de conserve tandis qu'est déployé le drapeau national. La presse se fera généreusement l'écho de cette nouvelle ascension. Au sujet de l'expédition annulée à l'Everest, en revanche, pas une ligne. Pékin niera jusqu'à l'existence du projet, parlant de « travaux préparatoires ». Le soulèvement tibétain avait ajourné la conquête chinoise du Qomolangma. Mais étaient-ils vraiment prêts ?

Deuxième partie

LES QUATRE BATAILLES

Mallory en ombre chinoise

Printemps 1960. C'est une expédition lourde, une petite armée qui s'apprête à prendre ses quartiers au monastère de Rongbuk. Il y a un an déjà que le soulèvement a été écrasé. Le dalaï-lama et des cohortes d'exilés ont trouvé refuge dans l'Inde de Nehru. Les rebelles ont été repoussés vers l'ouest après avoir brièvement coupé la piste qui mène au monastère de Rongbuk durant l'hiver. Les renseignements à ce propos sont rares, les Chinois ne se vantent pas de leurs pertes et la guerre secrète des Khampas ne connut guère d'écho international. Près de cent mille soldats pourchassent les derniers d'entre eux à travers le Tibet méridional.

Après ce report, l'ascension de l'Everest peut enfin avoir lieu. Ils sont deux cent quatorze hommes et onze femmes de toute la République populaire. Ouvriers, agriculteurs, enseignants, etc., rabâche la propagande. La révolution adore décliner les professions pour souligner que les prolétaires ont pris en main leur destin. L'opération mobilise aussi des dizaines de médecins, des opérateurs radio, des météorologues. Le récit officiel fait la part belle à la science. L'enjeu est pourtant aussi prosaïque que hautement politique : le drapeau de la Chine communiste doit enfin flotter sur le toit du monde.

C'est une expédition d'État pour raison d'État, entièrement placée sous les ordres des autorités militaires. Les cent tonnes de fret sont convoyées par camions et deux Antonov-6 octroyés par les Soviétiques – les Chinois assurent les avoir acquis – pour lesquels on a construit une piste d'atterrissage à Tingri, le bourg le plus proche. Les petites stations météorologiques mises en place depuis près d'un an courent jusqu'au camp de base avancé. Aucune expédition n'a jamais bénéficié d'un tel dispositif de prévision. Les ballons-sondes sont censés déchiffrer l'humeur du ciel et calculer les fenêtres de beau. La vieille cartographie anglaise a été parfaite entretemps. Quatre cents moutons, bovins et porcs ont été réquisitionnés pour être abattus au rythme des besoins en viande fraîche. La Chine communiste met fièrement en avant ces moyens colossaux qui feraient honte aux alpinistes contemporains, convertis au style alpin. Ce n'est pas un assaut, c'est un siège. La forteresse s'appelle Qomolangma.

Un premier contingent de porteurs et de soldats est arrivé dès la fin de l'hiver. Pour la plupart des Tibétains employés dans les nouvelles fermes d'État de Shigatse. Ils ont installé le camp de base à une dizaine de kilomètres du monastère de Rongbuk, vers 5 120 mètres d'altitude. Combien de moines reste-t-il désormais ? Rongbuk a été le théâtre de répressions dans la foulée du soulèvement de Lhassa mais personne ne s'étend sur le sujet. Un témoignage de seconde main assure néanmoins qu'un certain lama Tenzing accorde sa bénédiction à quelques porteurs... Les chroniqueurs n'en disent mot, préférant vanter les tonnes de carburant et de nourriture déjà convoyées à dos de yack vers les camps d'altitude. Les longues moraines permettent à ces animaux de bât de cheminer à travers les glaces jusqu'au pied du col nord, à près de 6 400 mètres !

Xu Jing et Liu Lianman sont encore à Lhassa, avec la soixantaine d'alpinistes sélectionnés. L'expédition s'honore de « dix-sept maîtres de sports, dix-huit premiers niveaux et pléthore de deuxièmes classes ». Des titres ronflants pour des grimpeurs souvent inexpérimentés – la moyenne d'âge est de vingt-quatre ans. D'autant que, cette fois, le « grand frère » n'a pas répondu présent. « Les alpinistes soviétiques sont insuffisamment entraînés », auraient justifié les négociateurs envoyés par Moscou. Absurde, et l'on se perd en conjectures. Dans un document classé « ultra-confidentiel » – *Résumé des travaux sur le mont Everest* –, les Chinois confesseront une véritable « colère » au sujet de ce « retrait unilatéral ». Les relations entre les deux pays se dégradent à vue d'œil. Nikita Khrouchtchev qui vient de dénoncer les crimes staliniens est désormais qualifié de « sale révisionniste » par la presse maoïste. L'Internationale socialiste se fissure, l'amitié vacille. Moscou refuse de livrer les plans de la bombe atomique et, pour l'Everest aussi, il faudra se débrouiller seuls.

Aussi le 10 mars 1960, un an exactement après les événements de Norbulingka, l'équipe est reçue par les dirigeants du Parti et de l'armée. Les trois généraux qui administrent le Tibet sans état d'âme sont présents : Tan Guansan que Liu Lianman connaît bien, Zhang Guohua dont la XVIIIe armée est la première entrée au Tibet en 1950, et Zhang Jingwu. Les alpinistes écoutent gravement autour d'une grande table les laïus enflammés de leurs hauts gradés. L'armée est toute-puissante. L'été précédent, elle est entrée au Ladakh pour annexer le plateau de l'Aksai Chin. Depuis quelques années, Pékin y construisait une route à la barbe de l'Inde, afin de relier le Xinjiang au Tibet. Nehru a eu beau protester, Pékin accuse son voisin d'être une base arrière de la résistance tibétaine.

Les incidents frontaliers se multiplient, la tension monte entre les deux géants. Moscou a vendu à New Delhi des Mig-21 précédemment refusés à Pékin et depuis que le dalaï-lama a été accueilli par Nehru, la Chine hurle à l'« impérialisme indien ». Elle fustige son « expansionnisme » tout en avançant elle-même ses pions et ses bornes dans le chaos tellurique himalayen. Pékin se projette au-delà du vide, entretient des garnisons dans les hautes solitudes. Mao n'a que faire des limites héritées de l'Empire britannique. Quant à l'Everest, les Indiens considèrent Tenzing Norgay, le premier homme à en avoir atteint le sommet en compagnie de Hillary, comme un des leurs. Ils lui en veulent de n'avoir déployé là-haut que le drapeau népalais.

À vrai dire et à en croire le rapport d'expédition « ultra-confidentiel », la Chine conteste alors jusqu'au triomphe de Hillary et Tenzing, qualifié de « plaisanterie ». Les auteurs s'appuient sur le livre d'un détracteur et la coïncidence par trop fortuite de l'ascension avec le couronnement de la reine Elizabeth. Des calomnies qui vont bien au-delà du sport. Pour la Chine, gravir l'Everest revient en réalité à le revendiquer ! En ce début de printemps 1960, des négociations ont lieu entre les Premiers ministres chinois et népalais. Le petit royaume est pris en étau entre ses deux puissants voisins. Il craint d'être absorbé par l'Inde et a rétabli ses relations diplomatiques avec la Chine, au prix d'une reconnaissance de sa souveraineté sur le Tibet.

Les disputes sur le tracé frontalier sont légion, notamment au Dolpo ou au Mustang. Pékin prétend à l'intégralité du Qomolangma et jusqu'aux vallées du Solukhumbu qui drainent le versant méridional, sous prétexte que celles-ci se seraient trouvées sous juridiction chinoise en des temps reculés, par un jeu de suzeraineté avec Lhassa. Le document « ultra-confidentiel » mentionne à ce sujet une annexe dont je n'ai pu retrouver la trace, mais une carte de 1954 ne se gêne pas pour inclure entièrement l'Everest en territoire chinois. Au Népal, c'est la stupéfaction. Personne n'a jamais songé que la Chine puisse contester la ligne de crête ! Et comment l'Everest pourrait-il appartenir aux Chinois puisque ces derniers ne l'ont jamais gravi ? D'ailleurs Katmandou a trouvé un nouveau nom à la cime des cimes afin de la « népaliser ». De ce côté de l'Himalaya, il s'appellera désormais Sagarmatha.

Le Premier ministre chinois Zhou Enlai promet une manne financière au roi Mahendra et l'on paraphe un traité d'amitié concluant à un statu quo dans l'attente de pourparlers ultérieurs. Il est à parier que le gouvernement népalais ignore tout de l'expédition qui s'amène. Xu Jing et Liu Lianman vont porter le buste de

Mao au sommet de l'Everest pour légitimer les vues de leur pays. Si l'on qualifie souvent l'alpinisme de folie égotique, au mieux mystique, de quelques êtres en peine de sens, il est cette fois question de souveraineté. Planter son drapeau sur les sommets est aussi futile que stratégique. La conquête des éminences himalayennes fut une affaire de prestige pour les puissances occidentales, elle était un enjeu territorial pour la Chine.

*

La chaussée de terre battue est creusée d'ornières et les Tibétains qui la remblaient saluent « joyeusement » l'expédition. Quand la piste est trop mauvaise, les camions s'aventurent sur la steppe d'altitude où certains s'embourbent dans les fondrières. Xu Jing, Liu Lianman et leurs camarades parviennent le 19 mars au camp de base. Un portique les accueille de formules galvanisantes : « Les héros montent au paradis », « L'Homme triomphera de la nature ». À l'intérieur, vingt tentes d'autant de places chacune, couvertes de slogans, une cantine, un poste radio, des générateurs, un mess de réunion, des terrains de sport… La propagande insiste sur les médecins et les infirmières auscultant les corps robustes après les séances de gymnastique. Un cinéma est improvisé et une troupe de danse venue de Lhassa égaye les soirées tandis que des sentinelles patrouillent.

La hiérarchie de l'expédition est aussi pesante que le reste. La bureaucratie a pris de l'altitude. Si Mao préside symboliquement aux opérations, Han Fudong est là qui impose l'autorité de la Commission des sports et fait exécuter les ordres du maréchal He Long. Éternellement vêtu d'une veste grise à quatre poches, typique des cadres du Parti, il tranche sur les uniformes blancs des alpinistes. Shi Zhanchun dirige comme de coutume les opérations de terrain et j'ai utilisé ici son récit publié dans l'*Alpine Journal* ainsi que d'autres parus dans la presse qui semblent tous en être dérivés. Aucun participant ne viendra jamais remettre en cause la version officielle et je me suis appliqué à me faire exégète de la prose maoïste.

Le 25 mars, vers midi, ciel radieux. Il est temps de s'affranchir (un peu) des subordinations. Tous sont rassemblés sur la place du camp de base. Le drapeau chinois est hissé, vers le ciel « clair et brillant ». Ils entonnent l'hymne national : *Debout, ceux qui ne veulent plus être esclaves ! De notre chair nous bâtirons la nouvelle grande muraille !* D'après le récit officiel – mais on le croit volontiers – chaque membre de l'expédition fait solennellement serment de « se battre jusqu'au dernier souffle du dernier homme ». Shi Zhanchun prononce un discours exaltant, avant de donner l'« ordre de marche ». Ce ne sont pas moins de soixante alpinistes qui se mettent en branle sur le glacier oriental de Rongbuk.

Xu et Liu ne sont pas de cette cohorte-là. Ils sont partis la veille en éclaireurs pour ouvrir l'accès au col nord. Tout est aveuglant, la roche gelée, le ciel de lait. Fin mars, les températures descendent encore aisément jusqu'à moins vingt degrés et la neige est toujours abondante. Les récits officiels affirment que les hommes chantent et applaudissent en oubliant la fatigue : « Nous sommes des alpinistes, nous sommes les guerriers des montagnes… » À cause du manque d'oxygène, il est plus probable qu'ils fredonnent, voire qu'ils murmurent, et encore… Les chargés de propagande écrivent depuis un bureau pékinois rarement sujet au blizzard.

Le glacier du Rongbuk vêle d'énormes tours de glace. Xu Jing balise le labyrinthe à l'aide de fanions rouges. Il laisse des indications pour le gros de l'expédition. L'itinéraire louvoie entre les séracs et les pénitents quand il n'emprunte pas les moraines latérales. Des camps intermédiaires sont plantés peu ou prou aux mêmes emplacements que ceux des Britanniques. Les Chinois dénichent des boîtes de conserve rouillées, des chaussures en cuir, des enceintes de pierres et jusqu'à des cylindres encore remplis d'oxygène. Il est impossible d'ignorer ces traces de leurs prédécesseurs et le troisième jour, alors qu'ils approchent du col nord, quelqu'un aperçoit une tache étrangement noire. Xu Jing et Liu Lianman font une découverte macabre.

C'est le cadavre d'un Européen momifié par le froid et couché sur le flanc, les os blancs. Les descriptions ne concordent pas toujours mais un sac de couchage enroulant les jambes est souvent mentionné, ainsi que quelques effets : sac à dos en lambeaux et veste en duvet décolorée, déchiquetée. Dans le journal *Soviet Sport* du 15 juin 1960, il sera révélé que les Chinois ont trouvé « le corps d'un homme vêtu d'un costume vert délavé en tissu anglais ». Plutôt que de taire ces tentatives britanniques, on préférait rapporter les preuves de leurs dramatiques échecs. D'après Xu Jing, ils ensevelissent le macchabée sous la neige et ils ramènent les objets aux autorités. À moins que lui et ses camarades ne défoncent le crâne à coups de piolet, comme un exutoire. Une supposition émise alors par un certain magazine *Traveler*, citant l'agence Xinhua elle-même...

Il s'agissait certainement du corps de Maurice Wilson, alpiniste néophyte et illuminé ayant entrepris de gravir seul l'Everest, en 1934. L'homme avait atterri en Inde au terme d'une épopée aéronautique rocambolesque et s'était empressé d'embaucher les sherpas d'une précédente reconnaissance anglaise. Entré illégalement au Tibet, il avait fini par échouer au pied de ce col nord, succombant aux températures et à la faim. Son corps avait déjà été mentionné par l'expédition d'Eric Shipton l'année suivante. En Himalaya, les dépouilles se conservent des décennies dans les glaces. Les alpinistes les connaissent, les cartographient même. Elles deviennent des repères.

Voilà le groupe de Xu Jing et Liu Lianman dans le cirque nord. C'est là, à 6400 mètres, qu'a été installé le camp de base avancé. Ils contemplent longuement la muraille blanche, agrémentée de séracs suspendus. Ce col est la clé de la voie tibétaine. Une station météorologique fait partie des tentes basses où s'entassent matériel et infirmerie. Tout est prêt pour l'arrivée du gros des troupes. Les yacks ne vont pas plus loin et, au-delà, tout devra se faire à dos d'homme sur un itinéraire abrupt et ô combien plus périlleux.

Le 27 mars au matin, le groupe de Xu Jing et Liu Lianman s'attaque à la paroi de neige et de glace. Haute de quatre cents mètres de dénivelé, elle est par endroits inclinée jusqu'à soixante-dix degrés et zébrée de crevasses. Les avalanches menacent et sept porteurs y ont perdu la vie en 1922, lors de la première britannique. Xu Jing cherche une voie pour les siens, assuré par des cordes rouges comme le communisme. Ils peinent tant qu'une journée n'y suffit pas et qu'une tempête se lève. Les voilà contraints de bivouaquer à 6 900 mètres, dans des pentes affreusement raides. À l'aube, ils rebroussent chemin sans avoir pu prendre pied sur la « porte de l'Everest ». Ils estiment pourtant avoir balisé l'itinéraire et redescendent jusqu'au camp de base. La première mission est remplie. Les Chinois ont baptisé cette stratégie les « quatre batailles » : trois acclimatations et puis l'assaut.

La « deuxième bataille » débute le 6 avril et voit, cinq jours plus tard, Xu Jing et Liu Lianman de nouveau aux prises avec le col nord. Un vent violent souffle du nord-ouest. Il leur faut des heures pour parvenir enfin à cette selle que les Anglais avaient atteinte dès leur première reconnaissance, en 1921… Le camp 4 est installé à 7 007 mètres et, de là, la suite semble évidente. L'itinéraire emprunte une crête secondaire qui se soulève jusqu'à rejoindre la colossale arête nord-est, entravée de ressauts rocheux. Ce sont eux qui ont jusque-là mis fin à toutes les tentatives. Xu Jing et Liu Lianman les scrutent attentivement à la jumelle. Leur destin va se jouer là-haut. Il reste mille huit cents mètres de dénivelé dans l'enfer du ciel. Tout ce qu'ils ont appris, leur courte expérience, tout cela n'a qu'un seul aboutissement : cette cime qui les surplombe, le Qomolangma.

Le quartier général a envoyé à leur suite une « unité » – le vocabulaire aussi est militaire – pour équiper la voie. Les hommes taillent des marches, tirent des cordes fixes. Des jours durant, c'est le lent va-et-vient de la très haute altitude. Les porteurs opèrent des allers-retours, lourdement chargés tandis que – les rapports ne sont pas très clairs – Xu Jing, Liu Lianman et d'autres poussent jusque vers 7300 mètres dans leurs anoraks bleus. Ils peinent dans un paysage de cimes immaculées, tête baissée sur leurs chaussures lacées de lourds crampons, encordés à la taille et au buste. Ils devront rapidement se replier sous une violente tempête. Un scientifique est évacué en urgence vers le camp de base avancé où il décédera d'un œdème pulmonaire…

19 avril, « troisième bataille ». Xu Jing n'est plus premier de cordée. Le chef d'expédition Shi Zhanchun entend mener lui-même les siens vers la victoire. S'il y a des pontes du Parti ici, du moins sont-ce des grimpeurs. Xu Jing suit, avec deux Tibétains. Il semble que Liu Lianman soit aussi dans l'affaire mais sans certitude. À ce stade de l'expédition, il n'est pas encore qualifié de « héros » dans ces textes au style suranné et presque épique. On croirait en effet lire la légende d'un lointain conquérant. Le chef – Shi Zhanchun – regarde les « visages épuisés » et harangue ses hommes : « Allez de l'avant, camarades, la persévérance est la victoire ! Nous sommes les héros chinois, soldats de Mao ! » Des

mots qui agissent, paraît-il, « tel un feu brûlant dans l'esprit de chaque alpiniste ».

Dix jours après leur départ du camp de base, quarante hommes progressent sur l'arête, au-dessus du col nord, s'appuyant souvent des deux mains sur leurs longs piolets. Ils doivent affronter des vents puissants et sont contraints de bivouaquer deux nuits « par moins trente-sept degrés dans des trous ». Le rapport « ultra-confidentiel » confessera que les « conditions réelles divergeaient souvent des prévisions météorologiques ». Un certain sens de l'euphémisme et c'est dans la neige fraîche que Shi Zhanchun mène ses cordées jusqu'à un camp, vers 7600 mètres. Le beau temps est revenu sur un terrain désormais rocheux, coupé de larges névés. Les organismes sont en souffrance, les pas comptés, les esprits divaguent. Tous commencent à inspirer des bouffées d'oxygène au rythme de dix à vingt minutes chaque paire d'heures. Le lendemain, 2 mai, trois hommes passent pour la première fois les 8000 mètres au-dessus du niveau de la mer. Il s'agit de deux Tibétains, Lhapka Tsering et Migmar, menés par Xu Jing qui a repris la tête des opérations.

Il est le premier Han à entrer dans le neuvième kilomètre vertical. Que se passe-t-il dans sa tête au moment de franchir cette barrière mythique ? On n'en saura jamais rien, Xu

Jing ne s'est épanché nulle part et les maoïstes ne font pas dans les sentiments. Le camp 7 est établi à 8 100 mètres, à flanc de l'arête nord-est, mais l'équipe de portage n'a pas suivi. Les deux Tibétains redescendent à 7 600 avant de remonter en pleine nuit, chargés de nouilles instantanées. Ces hommes des plateaux se révèlent indispensables à l'expédition. L'un d'entre eux, nommé Gonpo, parvient à son tour au camp 7, accompagné de Shi Zhanchun et d'un certain Wang Fengtong.

Atteindre 8 100 mètres est un succès en soi. Mais si les Chinois viennent de signer un record national, ils n'égalent pas encore les altitudes atteintes par les Anglais en… 1924 ! Une époque où l'aviation croisait plus bas que les himalayistes. Xu Jing et Liu Lianman n'étaient pas nés que ces hommes défrichaient l'Everest, sans armée de porteurs, bardés de bandes molletières et de vestes en laine, sans même être guidés par la pensée de Mao. Ils s'appelaient George Mallory et Andrew Irvine. Deux noms célèbres pour avoir disparu un peu plus haut, sur cette arête…

Xu Jing, Liu Lianman, Shi Zhanchun, tous connaissent leur épopée. Les Soviétiques ne pensaient qu'à cela et l'Occident est littéralement obsédé par ce mystère. Un de leurs compagnons, Noel Odell, les aperçut pour la dernière fois le 8 juin 1924, à 12 h 50. Ils progressaient alors vers le sommet, escaladant l'un des ressauts, sans qu'Odell puisse se rappeler lequel. Puis un nuage est venu les voiler et ils n'ont plus jamais reparu. En 1933, une autre expédition découvrit un piolet, sous le premier ressaut, vers 8 400 mètres. Mallory et Irvine semblent avoir disparu dans ces parages d'une chute ou de froid, d'épuisement peut-être. Aucun corps cependant et quantité de suppositions pour une question cruciale : avaient-ils atteint la cime avant de périr ?

Pour les Chinois, c'est évidemment exclu. Le Qomolangma est *leur* montagne. Ce versant leur est promis. Aucune tentative ultérieure n'a jamais su achever la voie montrée par Mallory. Les maoïstes répètent à l'envi que les Anglais ont fini par la qualifier d'« infranchissable » à cause du deuxième ressaut qui fait figure de rempart. On ne sait pas non plus ce que réserve le troisième, bien qu'il paraisse moins terrifiant à la jumelle. Xu Jing sait que la suite s'annonce ardue, et à propos du 3 mai 1960, les rapports diffèrent dans les détails – quand ils en prodiguent – mais convergent sur l'essentiel. Shi Zhanchun et Wang Fengtong partent forcer le destin. Les deux hommes progressent lentement jusque vers 8 600 mètres. Trop lentement. Ils franchissent le premier ressaut mais ne parviennent qu'à 21 heures, heure de Pékin, sous les rochers qui forment le second obstacle.

Le deuxième ressaut mesure près de trente mètres mais seuls les derniers sont véritablement verticaux voire légèrement surplombants. Malgré le soir tombant, Shi Zhanchun et Wang Fengtong en auraient, à l'aide de vires, atteint le pied avant de bivouaquer par moins trente degrés... Le 4 mai au matin, par un temps radieux et sous un vent violent, ils rebroussent chemin, exténués, lèvres et nez noirs d'engelures. On le serait à moins. Entre-temps, Xu Jing et les Tibétains ont déménagé le camp à 8 500 mètres.

Trois cent cinquante mètres de dénivelé seulement les séparent de la cime mais la retraite générale est sonnée dans la foulée. Il n'y a plus d'approvisionnement. Les hommes sont mordus par le gel, burinés et amaigris. Ils dévalent la montagne jusqu'au monastère de Rongbuk et au-delà, Shigatse voire Lhassa. Perdre de l'altitude, récupérer. Un hydrologue a succombé au mal d'altitude et une cinquantaine de personnes sont évacuées vers les hôpitaux militaires pour des chairs éclatées et des phalanges à amputer. Parmi elles, les meilleurs espoirs de sommet, dont Shi Zhanchun qui doit renoncer.

Rétrospectivement, cette « troisième bataille » sera présentée comme une énième phase d'acclimatation doublée d'un repérage du deuxième ressaut. Elle avait pourtant tout d'une tentative avortée vers le sommet. Malgré l'armada de grimpeurs et de porteurs, la logistique abondante, Shi Zhanchun et ses hommes n'ont pu faire mieux que la cordée Mallory-Irvine, trente-six ans auparavant. Au camp de base, « la rivière Rongbuk commence à dégeler, le temps se couvre et un vautour plane au-dessus dans la vallée ». Autant de signes d'une mousson qui approche, aiment à répéter tous les textes afin de souligner l'urgence et l'adversité. L'ambiance est morose dans les tentes de commandement. On est sur le point de mettre un terme aux opérations quand le Premier ministre Zhou Enlai en personne s'enquiert des avancées de l'expédition. Depuis ses confortables appartements pékinois, il ordonne de remonter coûte que coûte et d'emporter la victoire. Les météorologues annoncent alors une dernière fenêtre de beau temps, entre le 19 et le 25 mai.

Camp 8 500 mètres

Le soir du 23 mai, après six jours de progression harassante, nous, treize membres de l'expédition chinoise menée par l'adjoint Xu Jing, avons atteint le dernier camp, à 8 500 mètres au-dessus du niveau de la mer.

Voilà la première phrase d'un autre récit, publié en 1961 dans *La Chine en construction*, un mensuel alors en vogue chez les maoïstes du monde entier. C'est le seul article écrit à la première personne, fût-elle du pluriel. Une relation moins impersonnelle que les rapports de Shi Zhanchun, pollués d'idéologie voire de platitudes. Un texte un peu plus incarné bien que fruit d'une censure pointilleuse. Nous verrons plus tard qui en sont les auteurs, si tant est qu'ils n'aient pas fait que prêter leurs noms à une narration gouvernementale.

La « quatrième bataille » est engagée depuis une semaine déjà. Malgré le mauvais temps les équipes sont revenues sur la montagne dès la mi-mai. Elles ont convoyé cylindres d'oxygène, combustible, rations... Il a fallu dégager puis redresser les tentes du camp 7, affaissées par les éléments. 8 500 mètres... l'altitude d'un avion de ligne ou presque. En 1960, même les long-courriers ne croisent pas aussi haut et les camps des Britanniques n'avaient jamais dépassé les 8 200 mètres. Comment survivre dans le ciel ? Le corps se meurt à petit feu, l'esprit déraille, il faut s'asseoir la nuit pour mieux emplir ses poumons. Ce n'est plus la terre des hommes, c'est la frontière de l'éther.

Xu Jing se trouve pour la seconde fois au-dessus de 8 000 mètres. Il savoure la relative tiédeur de la tente, « cadeau des alpinistes soviétiques », rappellera plus tard un Russe. Enfin un toit qui soit plus bas que l'azur, un monde plus intime que l'univers. À quel point le regard a besoin de lisières. S'affranchir pour quelques heures de la profondeur de l'horizon. Boire du thé. Il faut s'hydrater. La pression atmosphérique est quatre fois inférieure à celle au niveau de la mer et l'eau pour les pâtes chinoises bout à soixante-dix degrés. Est-ce Liu Lianman qui a, comme souvent, cuisiné ? On mange ce qu'on peut avaler, on inhale parfois un peu d'oxygène en bouteille. On espère que la météorologie sera clémente. Mao ne commande pas encore aux caprices du ciel, les dernières prévisions doivent être transmises à 22 heures.

Voici Xu Jing et ses camarades face au plus grand défi de leur vie. Le destin les a réunis dans ce camp de toile, perdus dans le vertige himalayen. Près de deux mois maintenant qu'a débuté cette expédition d'État. Autour de lui, une poignée de jeunes gens dont la plupart n'ont pas deux années de pratique, aucun 8000 au palmarès et seulement deux 7000. Lui-même n'a découvert la montagne que cinq années auparavant. L'alpinisme chinois n'a jamais eu d'autres raisons que l'Everest et n'a éclos que pour sa conquête.

Ces cordées sont tout ce qui subsiste des forces vives. Treize hommes sur les deux cent quatorze membres de l'expédition, passés au tamis de la haute altitude. Des premiers hommes formés par les Soviétiques, il ne reste plus que Xu Jing et Liu Lianman. Shi Zhanchun supervise désormais les opérations depuis le monastère, avec Han Fudong, et Pékin qui doit appeler tous les jours pour exiger une victoire. Là-haut, sur le terrain, dans la montagne, c'est maintenant Xu Jing qui gouverne. Il est *deputy leader*, comme disent les traductions anglophones, capitaine des mers de nuages si l'on veut se mettre aux métaphores chinoises. Le syndicaliste des bords de la mer Jaune conduit l'assaut sur la plus haute cime du monde. Quelles sont vraiment leurs chances, au-delà des délires idéologiques et des « serments d'acier » à Mao ?

Xu Jing s'est allongé. Il se remémore leur départ, le 17 mai, alignés au cordeau au camp de base. Il était 10 h 30 exactement, heure de Pékin. Les hommes se tenaient raides comme des piquets tandis qu'il prenait le commandement et dirigeait la revue. Tous ont ensuite levé la main droite « avec enthousiasme » et professé d'une seule voix : « Cher et bien-aimé parti, bien-aimé président Mao, nous avons sous votre direction une confiance inébranlable et une force inépuisable. Notre persévérance est imparable et notre unité est infinie. » Ils avaient promis de conquérir le Qomolangma, juré de « ne pas reculer ».

Sur ce point, les rapports officiels sont fidèles et des images d'époque en témoignent. Elles montrent les cordées en rang d'oignons devant leurs sacs à dos harnachés. Deux d'entre eux tendent le drapeau chinois tandis qu'un autre présente un petit buste de Mao. Les visages sont ombragés et le cliché mauvais. Difficile de mettre des noms mais j'ai cru reconnaître Liu Lianman, poing serré, criant militairement quelque slogan. Si le nationalisme dans les expéditions himalayennes de l'après-guerre fut la règle, celui des Chinois dépasse toute mesure. Jamais l'alpinisme n'a été aussi politique. Jamais il n'a été autant dénué de toute culture alpine.

La paroi de la tente claque sous quelques bourrasques. Les piquets droits tiennent bon. C'est la dernière chance. Ensuite la mousson s'abattra sur l'Himalaya jusqu'à l'automne. Encore faudrait-il alors tout recommencer, les portages, les camps, l'acclimatation... Pékin préférerait bien sûr un triomphe demain. Ils s'essaient au sommeil, étendus dans leurs duvets. Des pensées décousues traversent les esprits. Xu Jing et Liu Lianman revoient leur étonnant destin. La révolution déplace décidément les montagnes. Et s'ils inscrivaient leurs noms dans l'Histoire ? Ce sera la troisième fois seulement que des alpinistes atteignent le Qomolangma et la première par cette voie. Mais c'est sans doute dévoyer le communisme que se préoccuper de sa postérité. La Chine populaire va conquérir l'Everest, pas un nom, pas un homme ! Ou alors un seul : Mao. Mao plutôt que Mallory. Une revanche sur cet Occident fossoyeur de l'empire du Milieu.

Il n'y a pas que l'Occident. Xu Jing a été informé qu'une expédition indienne se trouve elle aussi sur la montagne. Elle progresse depuis le Népal sous le commandement du capitaine Kumar Jungalwalla et vient d'atteindre le col sud après avoir été freinée par des avalanches dévalant du Lhotse. Les Indiens en sont eux aussi à leur dernier camp, prêts à s'élancer vers le sommet à tout moment. Une coïncidence toute relative. L'Himalaya est le choc des plaques tectoniques, le nœud des mondes asiatiques. New Delhi estime que l'Everest est le point culminant de son aire civilisationnelle, et si elle reconnaît la souveraineté chinoise sur le Tibet, c'est pour mieux faire accepter son hégémonie sur le Népal. Les deux groupes d'alpinistes ne sont séparés que par cette cime qu'ils convoitent, telle une borne entre deux géants. La course est engagée à distance, chacun sur son versant. Certaines sources affirment que leurs ondes radio interféraient et que les Chinois portaient un pistolet à tout hasard. Ils avaient ordre de devancer les Indiens à tout prix, ne serait-ce que de quelques heures.

L'expédition indienne aussi est militaire mais elle s'est fait bénir dans les hautes vallées sherpas. Les participants ont laissé des offrandes dans les monastères pour le succès de leur ascension. Tout le contraire des Chinois qui combattent la religion et laïcisent leurs porteurs. Pour Xu Jing et Liu Lianman, les vérités du communisme doivent remplacer cette culture crédule. Il n'y a pas d'au-delà dans les neiges éternelles. Il y aura bientôt là-haut un buste de Mao et, grâce au Grand Bond en avant, le paradis terrestre sera plus tangible que le nirvana. Quelque part dans la tente de Xu Jing, se trouve cette petite figurine destinée à remplacer les dieux sur le Qomolangma. C'est un moulage de plâtre tel que les Chinois ont pu en voir chez les Soviétiques. Un modèle de vingt centimètres qu'il faudra déposer au sommet comme sur un piédestal.

À Pékin, Mao Zedong a pourtant dû céder son poste de président de la République populaire à Liu Shaoqi qui le critiquait violemment. Dans le bas monde, 8 000 mètres en contrebas, la famine décime les campagnes. Depuis trois années, ce Grand Bond en avant qui devait permettre un développement éclair est un désastre. La collectivisation à outrance fait des ravages, les objectifs sont irréels. Mao a ordonné de serrer les plants de riz jusqu'à l'étouffement et d'abattre les moineaux pour préserver les graines. En l'absence des volatiles la vermine s'est multipliée, les rendements s'écroulent. « Calamités naturelles », affirme pudiquement la radio pour justifier les rationnements drastiques, mais 1960 est une année noire. Dans les villages et les laogais, les gens meurent d'inanition quand ils ne se livrent pas au cannibalisme. Des millions de personnes ont déjà succombé au génie du Grand Timonier quand Xu Jing et ses camarades se préparent à gravir le Qomolangma.

Eux se nourrissent de rations spéciales à haute teneur calorique. Ils sont équipés de piolets et de crampons de fabrication étrangère. La Chine n'a pas le savoir-faire pour produire autre chose que quelques vêtements peu sophistiqués. Aussi, le nouvel an chinois à peine achevé, Shi Zhanchun s'est-il envolé vers l'Europe afin d'acquérir combinaisons en duvet de canard, cordes en nylon, respirateurs, radios, et jusqu'à des conserves... Un fonds spécial de sept cent mille dollars a été alloué par la Commission nationale de planification. Un budget faramineux dans un pays exsangue. Shi Zhanchun est revenu le 20 mars, chargé de six tonnes de fret, par un vol spécial depuis Prague. Et par un coup du sort, il a croisé dans un magasin suisse des représentants de l'expédition indienne, eux aussi en pleines emplettes !

Les devises auraient pu servir à importer des céréales, mais c'est sans doute l'inverse qui se passe. Le peuple est sacrifié sur l'autel des grands projets du régime. Si la conquête de l'Everest fait partie des objectifs du Grand Bond en avant, elle a lieu à l'acmé de son échec. Les autorités tairont ces importations cruciales et à ce titre, le rapport « ultra-confidentiel » est riche d'enseignements. Il s'épanche notamment sur les performances des bouteilles d'oxygène. On y apprend que l'expédition disposait d'appareils soviétiques dérivés d'équipements aériens (260 bouteilles) et d'autres dédiés à l'himalayisme, de conception « capitaliste » : allemande (150) et française (66). Ces dernières proposent d'ailleurs le meilleur rapport poids/capacité, se félicitent les auteurs, tandis que le sac à dos ouest-allemand est plébiscité.

Xu Jing et Liu Lianman savent très bien ce qu'il en est. S'offusqueront-ils quand la propagande fera l'impasse sur l'origine du matériel ? Ou bien l'intérêt supérieur de la patrie justifie-t-il, à leurs yeux, les omissions ? À 8 500 mètres, le soleil tarde à se coucher. Les rayons continuent d'illuminer l'arête tandis que les flancs des vallées sont mangés par les ombres portées. Combien de tentes constituent ce camp 7 en proie aux rafales ? Sans doute deux ou trois, logées sur une section pierreuse poudrée de neige et inclinée de trente degrés. Un emplacement notoirement inconfortable mais les éléments sont plutôt cléments ce soir-là. Au loin, le massif du Kangchenjunga, troisième éminence de la Terre, à l'opposé le Cho Oyu et sous leurs pieds les glaciers striés. Le ciel s'embrase dans un éblouissement et le beau temps s'installe dans le noir. Quelques lampes éclairent d'une lueur pâle les intérieurs de toile.

Ils sont treize hommes. Un article russe affirme qu'ils étaient quatorze, peu importe, les récits sont flous, ils se contredisent parfois. Il faut déduire soi-même, extrapoler, supposer. À l'Everest, Xu Jing et Liu Lianman font cordée avec Wang Fuzhuou et Qu Yinhua, ces deux Han recrutés en 1958 qui n'ont comme expérience que l'ascension du pic Lénine et du Mustagh Ata. Le premier a participé à la reconnaissance avec les Soviétiques en 1958 et il est prévu pour l'assaut. Il se trouve même succéder à Xu Jing dans l'ordre hiérarchique devant Liu Lianman. Qu Yinhua, lui, dirige la colonne de porteurs. Le jeune homme a démontré une certaine aptitude en haute altitude mais il demeurera au camp 7. Il ne reste pas suffisamment de bouteilles d'oxygène et il a été décidé que le quatrième homme serait un Tibétain nommé Gonpo.

Les autres s'appellent Mima, Tashi, Gyaltsen, Sonam Dorje, Dawa, Tenzin ou Lobsang. Certains sont peut-être déjà redescendus au camp 6 voire 5. Les récits n'en font pas des personnages centraux, les projecteurs ne sont pas braqués sur eux. « Beaucoup étaient assez forts pour continuer, convient un auteur, mais ils laissèrent volontairement cet honneur à d'autres. » Nés sur les hauts plateaux, ils n'ont jamais rien entrevu de la Terre que ses éminences glacées et se montrent plus aptes à supporter le manque d'oxygène, le froid glacial, les efforts continus. Une étude médicale comparative a mis en évidence leur avantage physiologique. Le Parti privilégie pourtant les Han. Il veut voir au sommet de l'Everest des Chinois modèles.

Depuis le début de l'expédition, le partage ethnique des tâches confine en effet à l'apartheid. Deux catégories ont œuvré sur les flancs de l'Everest le printemps durant. Les Han sont commissaires du peuple, alpinistes ou scientifiques. Ce sont eux qu'on a envoyés se former en URSS, tandis que les Tibétains sont porteurs, meneurs de yacks, bons à tout faire. Les Chinois rechignent cependant à dire « porteurs » et préfèrent « équipe d'appui », « logistique », que sais-je. Le communisme ne saurait, en théorie, exploiter son prochain. Les hommes des plateaux représentent un bon tiers de l'expédition et ils triment sans relâche depuis mars, tels des coolies d'altitude, approvisionnant les camps supérieurs.

Deux mois qu'ils ont troqué leurs tchoubas de feutre dont les manches avalent comiquement les mains, pour des anoraks européens. On les imagine ce soir-là dans leurs tentes, mêlant au thé un peu d'orge pour préparer cette tsampa qui les nourrit depuis toujours. Ils ne parlent guère, font des gestes au besoin, d'autant qu'ils ne maîtrisent pas le mandarin. Quelles pensées errent dans leurs esprits « nigauds », dixit l'exploratrice Alexandra David-Néel ? Ont-ils peur en leur for intérieur ? Les Tibétains ne grimpent pas les cimes, elles sont sacrées. Le Qomolangma est une demeure divine et s'approcher du « trône des dieux » est supposé engendrer de grands malheurs. Depuis le début de l'expédition, deux hommes ont succombé déjà et l'on ne compte plus les engelures et autres fractures.

Les Chinois y voient le tribut de l'homme dans sa lutte contre la nature – les porteurs, peut-être une main céleste. Ou bien dix ans de communisme ont-ils réussi à effacer toute croyance liée aux cimes ? La religion est la laisse par laquelle on les a tenus dans la misère si longtemps. Le Tibet n'a jamais été qu'une dictature monastique, tirant son pouvoir de la frayeur qu'inspire un panthéon de déités grimaçantes. À en croire les maigres biographies, ces hommes sont d'anciens serfs, métayers corvéables et cessibles, attachés à des familles de propriétaires terriens. Presque tous ont échappé à leur condition en s'engageant dans l'Armée populaire. Les Chinois assurent qu'ils en sont profondément reconnaissants à Mao. Et malgré tout, ont-ils en cachette sacrifié au rituel des offrandes ? Je me plais à penser que l'un d'eux murmure d'imperceptibles « *Om mani padmé hum* » pour se prémunir des « gaz néfastes », ainsi qu'ils nomment la raréfaction de l'oxygène.

*

Cette nuit-là nous avons très peu mangé. La décision prise à la réunion du Parti de lancer l'assaut final résonnait comme le clairon pour des soldats prêts à charger. Nous ne pouvions contenir notre excitation. L'idée que nous allions prendre d'assaut le sommet du Qomolangma le jour suivant nous a gardés éveillés toute la nuit.

Le paysage grandiose est gagné par l'obscurité. Xu Jing et ses camarades sont recroquevillés dans leurs tentes, se réchauffant comme ils peuvent. Personne ne dort vraiment malgré quelques bouffées d'oxygène. Sur ce point les récits sont conformes à la réalité. On ne s'assoupit guère à cette altitude et Xu Jing ne se reposera pas. Il a été très actif les mois de mars et d'avril, toujours en pointe, ouvrant la voie. Son esprit divague. Il ne cesse de penser à ce deuxième ressaut… Est-il seulement franchissable ? Il l'a encore observé, avant la nuit, au-dessus d'eux sur l'arête. Rien de très engageant. À cette altitude, le moindre pas d'escalade relève de l'exploit. Les Anglais n'ont jamais réussi, Shi Zhanchun n'a même pas essayé, les Soviétiques ne sont pas venus…

Songe-t-il à ses proches ? Personne ne juge bon d'éclairer dans les articles l'intimité de ces pionniers. Les sentiments représentent quelque chose comme la quintessence de la bourgeoisie. Lire les rapports officiels, c'est imaginer des êtres déshumanisés, fanatisés, politisés. Il n'est question partout que de leur « héroïsme ». J'aime pourtant les imaginer écœurés, sans sommeil, en proie au doute ou à une rêverie. Le souvenir d'une femme, la leur ou un simple visage, un regard croisé dans un train, une Tibétaine à Lhassa. Ces filles aux coiffes de jais, nattées et ornées de gemmes, lourdement ceintes. Les dernières qu'ils ont vues dansaient au camp de base dans un groupe folklorique venu les encourager. Peut-être Liu Lianman ou Xu Jing ont-ils gardé comme ultime souvenir du monde d'en bas un sourire au teint cuivré, encadré d'ambre et d'agates.

22 heures Xu Jing se souvient qu'il est temps de guetter le signal. Le bulletin météorologique doit être transmis par signaux lumineux depuis le camp 3. Les radios ne sont pas montées jusqu'ici ou dysfonctionnent. Xu Jing passe la tête dehors et s'extirpe de la tente. Une forêt de cimes, arêtes, glaciers, s'étale à ses pieds, réfléchissant la lumière de la lune. On devine malgré l'obscurité un horizon sans entrave. Seul le Qomolangma empêche encore le regard, au sud. Le Qomolangma et puis ce sera fini, ils auront atteint la verticale du monde.

Xu Jing cherche du regard le camp 3, quelque part dans les profondes vallées. Il attend. Le froid est cosmique. L'univers semble là, tout près. Il contemple la voûte en frissonnant dans sa veste en duvet, lève les yeux vers l'abîme du ciel. Le vertige n'est pas toujours du côté que l'on croit. Il est plus sûrement du côté du firmament. Ressent-il la beauté ? Trop de gens n'en font qu'une esthétique, sans rien vraiment éprouver dans leur chair.

Soudain, une première fusée éclairante déchire les ténèbres, suivie d'une seconde. Xu Jing décode pour lui-même : « Beau temps pour le 24. »

L'assaut du Qomolangma

Le matin du 24, le temps était beau au-dessus du Qomolangma. Les prévisions météo nous assuraient qu'il s'agissait d'une journée idéale pour l'ascension.

Quelle heure est-il ? L'aube point à peine. Ses camarades ont émergé de leurs duvets et se préparent lentement. Xu Jing les imite mais il se sent très faible. Chacun boit à satiété de la neige fondue déminéralisée. Puis quelqu'un, disons Liu Lianman, avec l'entrain que lui accordent tous ses camarades, ouvre la tente et un carré de ciel à peine bleui apparaît. De quoi mettre un peu de baume au cœur. C'est le jour de gloire. Liu Lianman pousse les sacs à dos dehors.

Il est quelque chose comme 7 h 30 localement – l'heure solaire diffère sensiblement de celle officielle de Pékin – lorsqu'ils quittent le camp 7, et dès le début les choses ne sont pas claires.

Certains rapportent que Xu Jing atteint la base du deuxième ressaut avant de s'écrouler. On parle de chute et de blessure. D'autres affirment qu'il ne fait pas dix pas. Le récit chinois est truffé de zones d'ombre, réécrit *a posteriori*. Ce qui est établi en revanche, c'est que Xu Jing abandonne promptement. Il était pourtant le leader de ce groupe d'assaut, l'alpiniste le plus en vue.

Il était désolé et des larmes coulaient sur sa joue. Le cœur chaleureux, il nous dit : « Je vais rester ici pour vous accueillir à votre retour victorieux. » Les yeux embués, nous lui assurâmes que nous ne trahirions ni le Parti ni les attentes du peuple et que nous allions conquérir le plus haut sommet du monde. Avec un sentiment profond, nous nous élançâmes pour les derniers trois cent cinquante mètres du Qomolangma.

Xu Jing est remplacé au pied levé par Qu Yinhua, le chef des porteurs, et le commandement sera assuré par Wang Fuzhuou, dans la logique hiérarchique. Liu Lianman et le Tibétain Gonpo complètent le quatuor. Ils repartent, alourdis par les bouteilles d'oxygène qu'ils sollicitent de temps à autre. Au moins gardent-ils l'esprit clair. Devant eux se dresse le premier ressaut. Un obstacle de rochers praticables, mais à 8 500 mètres tout relève de l'épreuve. L'allure est lente, incroyablement lente, et ils ont perdu un temps précieux avec l'abandon de Xu Jing. Les comptes-rendus donnent 9 h 30, heure locale, lorsqu'ils atteignent le deuxième ressaut. Ils n'ont gagné que soixante-dix mètres de dénivelé en deux heures.

Rien d'étonnant à ce que les aventuriers britanniques aient été arrêtés net ici. Le rocher est une paroi abrupte de trente mètres de haut avec une déclinaison moyenne de soixante à soixante-dix degrés. La « reconnaissance du chef d'expédition Shi Zhanchun » (qui rédige ces mêmes rapports) a heureusement permis de définir un contournement et les voilà qui progressent dans des éboulis glissants puis de gros blocs jusqu'à la section terminale. *Dans la partie haute, nous nous sommes heurtés à une dalle verticale de trois mètres.* Une vire étroite amène en effet jusqu'à un couloir raide finissant en une fissure presque surplombante.

C'est Liu Lianman qui s'y colle. Il excelle dans l'art de la varappe. À 8 600 mètres, les pas d'escalade de ce degré relèvent cependant du prodige. Il se trouve pas moins de quatre fois aux prises avec la dalle, au-dessus des deux mille cinq cents mètres de vide qui plongent vers le glacier de Rongbuk. *Liu Lianman a voulu ouvrir la voie mais toutes ses tentatives ont échoué. Après chaque chute, il lui fallait dix à quinze minutes pour se relever. Il était complètement épuisé et cela a impatienté Qu Yinhua qui a enlevé ses lourdes chaussures à crampons et ses épaisses chaussettes de laine...*

Voilà maintenant Qu Yinhua nu-pieds – ou en fines chaussettes selon les sources –, par des températures sidérales ! Il a ôté ses chaussures pour plus de souplesse et la laine pour « ne pas glisser ». Un épisode qui ne manquera pas d'alimenter la chronique. Peut-on vraiment user sa chair contre le rocher par un gel pareil ? D'autant qu'il s'y reprend lui aussi à deux fois sans plus de résultats. Le récit ne précise pas dans quelles conditions s'effectuent les chutes et comment ils réussissent à s'assurer. Quant à Wang Fuzhuou, il essaie à son tour, aidé du Tibétain Gonpo, mais ses crampons dérapent. Le quatuor perd des forces et du temps tandis que « tourbillonnent quelques flocons ». Le communisme chinois, pas plus que l'impérialisme britannique, ne parvient à franchir l'obstacle.

Que fallait-il faire ? Demi-tour comme les alpinistes anglais en leur temps ? Non ! Certainement pas ! Tout le peuple chinois ainsi que le Parti nous regardait. Nous avons repensé à la grande cérémonie du camp de base avec les coups de gong, les tambours et les acclamations, l'engagement solennel que nous avions pris avant de partir. Nous avons songé au drapeau de la nation et au buste en plâtre du président Mao que nous avions porté jusque-là. Nous nous sommes de nouveau sentis tout-puissants. Après avoir respiré un peu d'oxygène et nous être reposés, nous étions de nouveau déterminés à atteindre le sommet.

C'est à cet instant précis que Liu Lianman entre dans l'Histoire. On ne retiendra guère son nom qu'en raison de cette affaire et je ne l'ai pas découvert autrement. *Liu Lianman s'accroupit, laissa Qu Yinhua placer ses pieds sur ses épaules et dans un formidable effort se releva.* La courte échelle vers le toit du monde ! Une idée lumineuse que la prose du Parti attribue à l'« expérience de pompier » de Liu Lianman, comme si les soldats du feu faisaient couramment des pyramides humaines. Qu Yinhua a pris soin d'enlever – de nouveau ? – ses bottes à crampons de huit kilos pour « ne pas endommager la veste en duvet » de Liu et il se hisse vers un petit replat après avoir planté deux pitons dans le haut de la dalle. Gonpo puis Wang Fuzhuou écrasent à leur tour les épaules d'un Liu Lianman, hissé à bout de corde à leur suite.

De cette péripétie légendaire, Liu Lianman conservera le surnom d'« homme-échelle ». On ne connaît pas sa taille ni celle de Qu Yinhua mais la morphologie des Asiatiques à une époque où les gens étaient moins élancés qu'aujourd'hui permet d'estimer qu'à hauteur d'épaule, et malgré sa passion du basket-ball, il ne devait pas mesurer plus d'1,60 mètre. En additionnant généreusement 1,70 mètre pour Qu Yinhua, cela nous donne 3,30 mètres et presque 4 mètres en levant les bras. Le compte semble bon à condition d'une bonne prise et d'un rétablissement acrobatique.

Nos quatre « héros » ont franchi le passage clé de cette voie tibétaine. Celui qui a arrêté toutes les entreprises jusqu'à aujourd'hui. La situation n'est néanmoins guère réjouissante. Il est environ 17 heures, heure de Pékin, 15 heures localement. Il leur a fallu cinq heures pour franchir le ressaut dont trois pour la seule partie supérieure. Le soleil décline déjà, les ombres ont changé de versant. De nos jours, si tard dans l'après-midi, on ferait prudemment demi-tour. D'autant que Qu Yinhua qui a passé quarante minutes sans chaussures s'est évidemment gelé les pieds et que Liu Lianman est exténué par son vain corps à corps avec le rocher. Les réserves d'oxygène sont dans le rouge. L'ascension ne se déroule pas comme un plan de production ouvrière.

Cent mètres après le ressaut, Liu Lianman s'écroula. Dans un ultime effort, il se releva mais après quelques pas, retomba. Il ne dit mot et nous ne fîmes pas attention, mais lorsqu'il chuta pour la troisième fois nous prîmes conscience que le vétéran de l'alpinisme était complètement épuisé et ne pouvait aller plus loin.

Que faire ? Que fait-on dans ce cas-là sous l'ère Mao ? Nos quatre gaillards décident naturellement d'une « réunion du Parti », à 8 700 mètres et en pleines bourrasques ! Quatre ? Non, trois. Gonpo, le Tibétain, n'est pas encarté. Attend-il un peu sur le côté que ses camarades han accouchent d'une décision lumineuse ? Se parlent-ils réellement à ce moment-là comme on débat tout en bas, à Lhassa, à Pékin ? On espère pour eux qu'il s'agit d'une coquetterie de scribe communiste, postérieure à l'expédition. On aimerait croire qu'il ne s'agit que de propagande. Ils sont harassés, essoufflés, ne peuvent prononcer trois phrases consécutives. Ils communiquent peut-être par signes. On leur souhaite de simplement faire le point entre camarades…

La « réunion du Parti » accouche d'une grave décision. Liu Lianman est trop faible pour continuer et ne peut retourner seul au camp 7. Il va attendre ses compagnons, immobile à près de 8 700 mètres, en contemplant l'océan de cimes. Ses chances de survie sont infimes et le sacrifice de l'« homme-échelle » est le paroxysme du récit. *Liu fut mis à l'abri sous un rocher et nous lui dîmes au revoir la larme à l'œil. Son noble esprit nous insufflait une grande force.* Ils lui laissent une bouteille d'oxygène presque vide et « quelques confiseries ».

Après le second ressaut, l'arête s'épate vaguement. La progression est moins périlleuse mais il ne reste que trois hommes pour planter le drapeau rouge au sommet de l'Everest. Trois inconnus que personne n'attendait. Tous les « vétérans » ont été contraints à l'abandon. Shi Zhanchun, Xu Jing et maintenant Liu Lianman. Le trio qui leur survit possède une expérience allant de quelques mois à deux années pour le plus capé. Des novices mais quelle importance puisqu'ils sont armés de la pensée de Mao : « Mépriser stratégiquement les difficultés, tout en y prêtant une attention tactique totale. »

Wang Fuzhuou et Qu Yinhua ont vingt-cinq ans, ils sont la première génération à s'être éveillée sous l'ère Mao, à n'avoir connu leur jeunesse durant que ce dirigeant charismatique. Originaire des plaines du Henan, Wang Fuzhuou vient de terminer ses études au prestigieux Institut de géologie de Pékin où il s'est engagé dans les Jeunesses communistes. « Notre génération ne souhaitait pas rester en ville. Tous voulaient partir à la campagne et se former sur le terrain », dira-t-il avant de confesser qu'il n'avait alors « aucune idée de ce qu'était l'alpinisme ». Désormais il sait que les himalayistes sont quelque chose comme le peuple de l'hiver et qu'en haute montagne la camaraderie n'est pas un vain mot communiste. Qu'importe que le Qomolangma ne soit pas une déesse. Dès lors qu'ils subissent la puissance de cette nature brute, aux frontières du vivant, n'est-ce pas du pareil au même ?

Qu Yinhua, lui, est né au Chongqing dans un pays de forêts et de montagnes. Il est l'un des rares Han à avoir vu quelque relief avant son recrutement. C'est un bûcheron qui n'a pas fait d'études et s'exprime avec l'accent lourd du Sichuan. Ce qui fera dire à sa veuve qu'il avait été sélectionné pour sa dextérité au piolet comme à la hache. Toutes ces semaines, il a taillé des marches pour ses porteurs. Il est désormais chargé de l'appareil photographique. La propagande compte sur cet ouvrier modèle que la direction de sa scierie a laissé partir à contrecœur, alors qu'explosaient les objectifs de production du Grand Bond en avant.

Kirill Kuzmin, qui a formé Wang Fuzhuou et Qu Yinhua, décrira le premier comme « trapu et résolu ». Le second est « d'une composition plus frêle mais un homme musclé à la démarche oscillante, le regard sérieux et déterminé ». Des descriptions un peu plates, rédigées *a posteriori* dans une déformation de la mémoire par le prisme de leur victoire. Je me demande même s'il n'a pas confondu les deux. Les photographies, elles, dévoilent un Qu Yinhua aux cheveux étrangement crépus ou à tout le moins frisés sur une large tête. Wang fait plus que son âge, les yeux très bridés, le nez épaté, le front déjà dégarni. À son sujet, un autre Russe rapporte une anecdote datant du pic Lénine. Sur une pente très raide, Wang avait soudain porté la main au cœur en se penchant au-dessus du vide. Un Soviétique avait bondi pour le retenir, redoutant un malaise. Il s'avéra qu'il ne faisait que saisir dans sa poche le drapeau de la République populaire de Chine, afin d'inspirer ses compatriotes en souffrance.

La patrie donc. Depuis qu'ils ont abandonné Liu Lianman à son sort, le trio peine sur l'arête terminale. Est-ce Wang Fuzhuou qui ouvre la marche ? Derrière lui, Qu Yinhua qui n'aurait jamais dû être de cet assaut ou bien cet illustre inconnu de Gonpo. D'après le rapport « ultra-confidentiel », le plan initial prévoyait d'envoyer huit personnes au sommet... Quelque chose a cloché dans la machine maoïste. Les espoirs ne reposent plus que sur ces trois gaillards auxquels il reste cent quatre-vingts mètres de dénivelé. Chaque pas est posé comme le dernier, mains sur les genoux, échine courbée. Tant pis pour le paysage et l'infinie beauté. Il faut sans cesse reprendre haleine. Leurs vestes en plume leur donnent des allures de cosmonautes, sans parler de ces masques avec bouteilles. La couche d'ozone commence juste au-dessus de l'Everest. D'où cet azur profond et intense qui sature l'horizon. La pression est très basse, l'oxygène rare. Ils en inhalent lors de pauses fréquentes mais les réserves sont presque épuisées.

Le corps d'Irvine

Tandis que ses camarades approchent du sommet de l'Everest, Xu Jing descend, la mort dans l'âme ou peut-être soulagé. Il est peu probable qu'il soit resté, comme indiqué, à 8 500 mètres pour attendre les siens. Il reflue certainement avec les porteurs vers le col nord. Il ignore que Liu Lianman a abandonné, qu'il gît au-dessus du second ressaut, mourant. Xu Jing tente-t-il d'apercevoir les siens là-haut, sur l'arête nord-est, en se retournant ? La météo est limpide, leurs silhouettes devraient se découper sur l'azur par endroits. L'Anglais Odell n'avait-il pas, depuis les mêmes parages, vu pour la dernière fois Mallory et Irvine, en 1924 ?

Avoir abandonné vous fait immédiatement sortir des récits, des rapports. On ne connaît pas dès lors les faits et gestes de Xu Jing. Ce qu'on apprendra deux décennies plus tard en revanche, c'est que dans sa retraite il trouve soudain un cadavre gelé.

« Le corps était allongé, face au ciel, et les pieds étaient dirigés vers l'Everest. » Où exactement ? Xu Jing ne saura plus très bien : « J'ai vu le corps sur le côté, c'était un peu plus loin que le premier ressaut, sur la crête. »

Pékin ne divulguera la découverte que cinq années plus tard, encore ne sera-ce que dans le cénacle feutré de la Société de géographie de Leningrad. Au pupitre, devant une salle en émoi, Wang Fuzhuou révélera que l'expédition a identifié la dépouille d'un Européen. Ce ne pouvait être que le corps de Mallory ou celui d'Irvine. « Cette tragédie des années 1920 passionnait le monde de l'alpinisme », se souviendra un des Russes présents ce jour-là. Et à la question de savoir comment ils avaient su qu'il s'agissait d'un Occidental, Wang Fuzhuou répondra : « Parce qu'il portait des bretelles ! » Aucune autre cordée n'était de toute manière réputée avoir péri dans ces parages.

L'Occident n'eut vent de la trouvaille macabre que dans les années 1980. On déduira encore plus tard qu'il s'agissait de la dépouille de Sandy Irvine, mais entre-temps le corps aura disparu et certains accuseront les maoïstes de l'avoir jeté dans l'abîme pour s'en débarrasser. Xu Jing n'en a pas dit davantage avant de mourir en 2011. On ignore si lui et ses camarades fouillèrent le corps ce 24 mai 1960. D'autres lui feront-ils les poches lors des expéditions ultérieures ? L'enjeu était immense. Irvine était censé porter un Kodak Vest Pocket Camera et dans l'hypothèse où les chambres de l'appareil photographique seraient restées étanches, la pellicule aurait révélé les ultimes clichés des deux Anglais et livré le secret de leur destinée…

Si Xu Jing ou d'autres pillèrent la dépouille pour transmettre à leur hiérarchie certains effets, cette dernière ne rendit jamais aucun objet public. Tout fut soit enfoui là-haut, soit détruit en bas, soit mis sous scellés. Nul doute que, pour Pékin, il s'agissait d'annihiler tout élément susceptible de remettre en cause la primauté chinoise. Bien qu'une ascension ne soit considérée comme réussie qu'à la condition d'y survivre, le prestige du communisme n'aurait pas souffert une telle injure. Le Parti ne désirait ni éclaircir le mystère Mallory ni ressasser les différents scénarios. Après tout, pourquoi les deux Anglais n'auraient-ils pu, eux aussi, se faire la courte échelle ?

Xu Jing a-t-il le fameux appareil photo dans sa poche en redescendant vers le col nord ? « Je l'aurais enterré [Irvine] si j'avais pu, mais nous étions tous complètement exténués et nous luttions pour continuer à avancer. J'ai songé que je devais moi-même essayer de ne pas mourir… » Voilà ce que confiera Xu Jing à la postérité aussi tard qu'en 2005 à des reporters américains. Dans la même interview, il se livrera à une interprétation maoïste de la tragédie Mallory-Irvine : « Ils voulaient montrer notre potentiel en tant qu'êtres humains. Ils n'étaient pas fous », avant de confesser cette phrase terriblement contre-révolutionnaire : « On peut dire que nous avons gravi la montagne en nous inspirant des pionniers britanniques. » En 1960, il ne pouvait certes proférer de tels propos librement.

Réfugié dans une tente d'un camp inférieur, il recouvre quelques forces. Le sang revient violemment dans ses veines. Peut-être trouve-t-il un dépôt de bouteilles d'oxygène. Le voilà qui somnole, le masque sur le visage, l'esprit plus clair. Peut-être sourit-il de cette ironie du sort qui le voit attendre ses hommes partis vers le sommet, comme Odell avait en vain espéré le retour d'Irvine et de Mallory... Il ne peut être qu'impressionné par la témérité de ces lointains prédécesseurs. Lui-même n'a pu faire mieux.

*

Devant nous se trouvait une nouvelle pente de neige et de glace. Nous peinions dans une neige fraîche jusqu'aux genoux. À chaque pas nous devions faire halte pour reprendre notre souffle. En escaladant un rocher d'un mètre nous avons tous glissé plusieurs fois. Il était minuit quand nous sortîmes de ce passage.

Ces quelques extraits sont signés Wang Fuzhuou et Qu Yinhua. Du moins leurs noms sont-ils apposés au bas de ces lignes que j'ai utilisées par touches et qui sont trop idéologiques pour être exactes. On n'a d'autre choix que de suivre le déroulé officiel de l'ascension, aussi incroyable semble-t-elle. Il est maintenant minuit, heure de Pékin, environ 22 heures à l'Everest, et depuis quelque temps nos trois himalayistes progressent dans le noir. Ils ne sont équipés d'aucune lampe et n'ont remonté la section de neige fraîche qu'à la pâle lueur sélène. Au-dessus, le sommet sur fond de ciel étoilé.

On entre là dans l'obscurité du mythe. La nuit descend sur eux comme un voile par une température de moins trente degrés. Personne ne pourra plus les apercevoir d'en bas. Qu Yinhua, dont on ne sait s'il a beaucoup photographié jusque-là, ne peut plus se servir de son appareil. Nos trois valeureux maoïstes avancent au-dessus d'abysses comblés de ténèbres. Ils n'osent s'arrêter de peur de somnoler et de geler séance tenante. On ignore s'ils sont encordés. Le récit officiel juge plus opportun de préciser que l'idée du danger ne les a jamais effleurés, qu'ils préfèrent mourir plutôt qu'abdiquer, que Mao galvanise les âmes. Quelque chose de presque spirituel, un dépassement lyrique, une sublimation socialiste.

Le trio est pourtant au bout de ses forces. À 8 830 mètres – les altitudes sont soumises à caution – les réserves d'oxygène expirent et Wang Fuzhuou songe à capituler, avant de se raviser. « Notre tâche glorieuse est de prendre le sommet d'assaut, pouvons-nous reculer ? » Et les autres de s'enthousiasmer d'un « En avant ! » Il est plus probable que Wang Fuzhuou se taise dans un rictus, qu'il se concentre sur son souffle court et que les deux autres fassent de même. Ils se délestent alors de leurs lourds cylindres et « commencent un périlleux voyage qui n'a jamais été vu dans l'Histoire ». Personne n'est en effet monté à ces altitudes sans assistance respiratoire. Il fallait bien que les Chinois soient supérieurs au reste de l'humanité. Et tant pis s'ils avaient consommé des litres jusque-là. Eux termineraient sans artifice, guidés par la seule pensée de Mao, n'inhalant plus qu'un soupçon d'oxygène. Ils remplaceraient les déficiences matérielles par l'énergie révolutionnaire. L'homme nouveau marcherait dans le ciel.

Les récits varient : dalle à contourner, escarpement, bloc, traversée d'une section de glace. Qu'importe ! Est-il possible dans cet état d'épuisement, enveloppé par la nuit, l'esprit leurré par la raréfaction de l'air, de mémoriser les subtilités du terrain ? D'autant que Wang Fuzhuou et Qu Yinhua n'en peuvent plus. Il ne leur reste, selon les dires, que quelques sucreries à se mettre sous la langue et ils ne progressent plus qu'à quatre pattes. Les deux Han se laissent devancer par le troisième homme : *Gonpo a pris la tête et nous le suivions de près. En avant ! En avant ! Nous avons oublié le froid et l'heure.*

Est-ce finalement un Tibétain qui va le premier fouler la cime du Qomolangma ? Ce serait un symbole, la politique des minorités appliquée à la très haute altitude. Une manière de sceller l'unité sino-tibétaine. Ce Gonpo est un protagoniste inattendu qui s'est imposé au fil des « batailles », dans les groupes de portage et d'équipement de la voie. Il a été repéré durant les allers-retours d'acclimatation pour son aisance. Ses gènes tibétains et ses vingt-sept années le portent dans le ciel. Dès la tentative de Shi Zhanchun, il s'est rendu indispensable jusqu'à être inclus dans l'« équipe de pointe ».

Parfois orthographié Konbu, Kompot ou encore Gong Bu, Gonpo est un nom des plus communs à travers l'Himalaya. Il n'apparaît nulle part dans les chroniques antérieures à cette ascension, pas plus qu'il n'est mentionné dans les souvenirs des Soviétiques, et n'a jamais été formé par leurs soins. C'est un « athlète de première classe » qui n'a gravi que le Mustagh Ata au préalable. Les portraits le montrent buriné sous une épaisse tignasse ébène, les pommettes larges, les sourcils épais et l'air un peu dadais ; un garçon des hauts plateaux. Kirill Kuzmin qui le rencontrera après l'expédition à l'Everest le juge calme et invariablement souriant. « Il y a encore quelques années, il était serf », ajoute-t-il en reprenant sa biographie officielle qui tient du conte de fées.

Gonpo Dorje a vu le jour en 1933 dans la préfecture de Shigatse. Les membres de sa famille sont alors *duiqiong*, un peu plus que des esclaves domestiques. Il est admis que Gonpo fut tour à tour pâtre, cultivateur d'orge ou commis de cuisine, affairé entre soufflet et bouses de yack. « J'étais un serf, endurant les coups, les réprimandes, les humiliations. Manger à ma faim et me vêtir correctement appartenait au domaine du rêve », dira-t-il toujours en ajoutant qu'il crapahutait à l'occasion sur une éminence voisine, vers 5 000 mètres, où flottaient des drapeaux de prières imprimés de chevaux de vent.

À vingt-deux ans, nous dit-on encore, un pèlerin lui vante l'armée chinoise qui vient de « libérer » le Tibet. D'autres avis estiment que ce sont des troupes qui traversent son village. Toujours est-il que, « séduit par la conduite exemplaire des soldats », Gonpo déserte la maison de son maître et s'enrôle dans un régiment de Shigatse, derrière les fourneaux. On se souvient qu'en octobre 1958, la reconnaissance sino-soviétique de l'Everest menée par Xu Jing y fait étape. Le supérieur de Gonpo est alors enrôlé dans l'escorte de la caravane. « À son retour, un matin en me lavant le visage, j'ai demandé à notre chef adjoint où il était allé. Il m'a demandé si je voulais me joindre à l'expédition prévue au printemps. »

Gonpo a accepté « avec joie » et, après une visite médicale, ils ont été une vingtaine de son régiment à gagner Lhassa. « Nous avons ôté nos uniformes de soldats pour des tenues de sport et subi un exercice intense durant plus de deux mois, sur un terrain militaire. » Gonpo s'illustre au pic Nyainqentanglha à plus de 6000 mètres, en plein hiver et parmi des centaines d'autres recrues. En mars 1959, il est avec l'équipe nationale à Lhassa lorsque éclate le soulèvement. Était-il de ces Tibétains dont Liu Lianman se méfiait au plus fort des combats, craignant qu'ils ne retournent leurs armes contre les Han ? On ne sait s'il a participé à la répression des moines et des rebelles. Gonpo semble avoir épousé le communisme jusqu'à l'agonie de ses anciens dieux. Il répétera sa vie entière qu'il ne serait jamais devenu himalayiste dans le vieux Tibet.

Soudain nous nous sommes aperçus que Gonpo avait disparu. En levant les yeux, nous avons vu une ombre sur une protubérance, quelques mètres plus loin. C'était Gonpo lui-même. Nous étions grisés et une grande force est revenue en nous.

La fin de l'ascension connaît mille variantes. Il faut franchir un nouveau ressaut, le troisième sans doute. Gonpo se repose une demi-heure avant de pouvoir prodiguer son aide à Wang Fuzhuou et Qu Yinhua… Ceux-là n'ont même plus la force de faire pression avec leurs crampons pour mordre la glace. On n'y comprend plus rien sinon que Gonpo est au-dessus du lot. Ses yeux se sont habitués à l'obscurité. Il tire ses camarades han d'une corde invisible. Eux s'efforcent de suivre. Wang Fuzhuou reconnaîtra volontiers à son sujet : « Il était le plus fort d'entre nous. »

D'ailleurs, ils ne marchent plus, ils rampent sur une dernière pente. « Le désir d'honorer la confiance du peuple et du Parti leur insufflait la vigueur », rapportera un journal soviétique. Des formules qui prêtent à sourire mais qui trouvaient un certain écho alors. « Sommet ! » s'exclame soudain Gonpo dans tous les articles de la presse nationale. Mais Gonpo ne hurle évidemment rien du tout. Les lèvres et les zygomatiques sont paralysés par le froid qu'attise le vent, l'oxygène est infime. Les deux autres le rejoignent à l'agonie avant de deviner un point légèrement plus haut, à peine plus loin au sud-ouest. Cette fois c'est la bonne. Gonpo « crie » de nouveau « Sommet ! » avant d'ajouter, paraît-il : « Un pas de plus et nous descendons au Népal ! »

Sommet !

À l'horizon, autant qu'ils puissent deviner les formes, pas une cime plus haute qu'eux. Ils sont sur le faîte du Qomolangma. Enfin ! À l'époque, son altitude est estimée à 8 882 mètres. Wang Fuzhuou regarde sa montre, à la lueur de la lune : 4 h 20, heure de Pékin. Les horaires varient légèrement selon les rapports mais tournent autour des 2 heures du matin localement. C'est déjà le jour d'après, le 25 mai 1960. *Nous étions sans voix mais nos cœurs étaient remplis de joie et d'excitation. Nous avions accompli la mission que le président Mao et le Parti nous avaient confiée.* Cinquante ans plus tard, au détour d'une interview, Gonpo admettra plus prosaïquement que Qu Yinhua pleurait, pieds et mains gelés.

Cela fait dix-neuf heures qu'ils ont quitté le camp 7. Ils n'ont avalé qu'un morceau de mouton séché et des soupes au ginseng bues au petit déjeuner. Le mot « fatigue » est une sémantique pudique. Il faut pourtant procéder au cérémonial maoïste. C'est Gonpo qui extrait le buste de Mao de son sac à dos ainsi que le drapeau national, rouge avec ses cinq étoiles dorées. Elles symbolisent l'unité des quatre classes sociales, prolétaires, paysans, commerçants et « capitalistes patriotes », autour du Parti communiste. Le rouge est la couleur de la révolution mais aussi du bonheur et de la chance. Au firmament, les constellations répondent à la galaxie de la nouvelle Chine.

Si Hillary et Tenzing n'ont jamais voulu dire lequel d'entre eux avait défloré l'Everest, côté chinois il n'y a guère de mystère. « Je n'avais jamais pensé devenir alpiniste et encore moins que je serais le premier Chinois à planter la bannière nationale sur le plus haut sommet du monde », confiera Gonpo. L'ancien pâtre-serf illettré n'a laissé aucun témoignage écrit, uniquement des entretiens. Il ne dira jamais s'il aurait préféré brandir l'emblème du Tibet ou déposer un simple drapeau de prières. On ne sait même pas s'il a vraiment fait flotter au vent l'étendard révolutionnaire. Les rédacteurs ont pu lui attribuer ce rôle à dessein, de même qu'ils font écrire à Wang Fuzhuou ces quelques caractères à la postérité sur un carnet : « Wang Fuzhuou, Gonpo et Qu Yinhua de l'équipe d'alpinisme chinoise ont atteint le plus haut sommet du monde à 4 h 20 le 25 mai 1960.» Quelque chose comme cela. Il y a autant de versions que d'articles sur le sujet. Gonpo déchire la page, la place dans un gant de laine avant de l'envelopper dans le drapeau en compagnie du buste en plâtre de Mao. Le tout est logé dans un «tas de petites pierres». L'endroit rêvé pour qu'il ne soit jamais retrouvé.

Voilà. La propagande ne pousse pas non plus trop le bouchon. Pas d'hymne entonné dans l'air raréfié, pas de citation historique à propos de l'absence de déesse au sommet. Pas de cliché non plus en raison de l'obscurité. Il est simplement précisé qu'ils ramassent neuf échantillons de roche pour le président Mao. Ce n'est pourtant pas Mars ou la Lune… Elles seront conservées au musée d'Histoire de Pékin sans prouver en rien leur ascension.

Au bout d'un quart d'heure, ils entament leur descente. Voilà ce qu'est l'alpinisme. La cime n'est jamais qu'un éclair au milieu de semaines de souffrance, un aboutissement où se concluent généralement les récits, éludant une retraite pourtant calamiteuse. Un enfer sur lequel personne ne s'étend. Car Wang Fuzhuou et Qu Yinhua sont atteints d'engelures sévères. Leurs chairs sont fendues. Ils se traînent.

Le soleil s'est levé lentement de derrière les montagnes à l'est. Il nous a inondés de ses rayons.

C'était la lumière brillante de notre mère patrie. C'était la lumière brillante du président Mao Zedong qui donnait une force sans bornes et la sagesse. Le rapport de Shi Zhanchun les situe vers 8 700 mètres lorsque point l'aube. Qu Yinhua réalise alors une vue du paysage qui s'étend au nord. Pourquoi n'immortalise-t-il pas plutôt ses camarades ? Pourquoi ne vise-t-il pas le sommet en se retournant ? Il préfère ce cadrage de l'horizon radieux. Mystère.

Le service météorologique de l'expédition avait pourtant prédit des précipitations pour cette journée du 25, les prémices de la mousson. Sur le versant népalais, au même moment – certaines sources parlent du jour suivant – l'expédition indienne se prépare à sortir des tentes. Le réveil a sonné à 4 heures, heure de New Delhi, mais le vent souffle trop fort. Le capitaine Kumar Jungalwalla décide d'attendre puis se décide à partir avec quelques hommes. La tempête ne diminuera pas, les valves des bouteilles d'oxygène gèlent. Les rafales et le froid les obligent à renoncer alors qu'ils sont à deux cent cinquante mètres sous la cime. Peu ou prou la même altitude que le trio chinois au moment du cliché azur pris par Qu Yinhua. Ces derniers poursuivent leur lente désescalade sous un ciel qui se gâte. On n'a guère de détails. Quelques phrases mentionnent de légères chutes de neige et une visibilité bientôt nulle avec un vent puissant, « six heures après que les alpinistes ont quitté le sommet ».

La presse en fait en revanche des tonnes sur les retrouvailles avec Liu Lianman. « Regarde, Fuzhuou ! s'exclame Gonpo. Lianman est toujours vivant ! » Les trois se mettent à courir vers le bas, « trébuchant et riant, criant ». Le soleil point à peine sur la pente de neige. Liu Lianman gît, à moitié endormi, tenant une note. « Cher camarade Wang et les autres, je suis désolé de ne pas avoir rempli mon devoir. Voici les dernières confiseries et le reste d'oxygène pour votre retour. J'espère que le peuple apprendra bientôt votre victoire. Adieu ! » *Il avait noté cela dans son journal puis était tombé dans un état second.* Les trois vainqueurs embrassent le survivant, « les larmes aux yeux ». Cela ressemble plus à un conte qu'à un récit circonstancié.

Le rapport « ultra-confidentiel » parle d'une météo très compliquée neuf heures après leur passage au sommet. Ils désescaladent le deuxième ressaut, au pied duquel se trouvent opportunément une ou deux bouteilles pleines, et sont de retour au camp 7 à 18 heures, heure de Pékin, une lenteur irréelle. Voilà trente-deux heures qu'ils ne boivent ni ne mangent, sans parler du manque d'oxygène. Ont-ils fait usage d'auxiliaires chimiques ? Motus. Les expéditions françaises et anglaises à l'Annapurna ou à l'Everest avaient eu recours à des amphétamines. Les Chinois, eux, avaient les fulgurances du Grand Timonier.

Personne ne précise s'il reste quelqu'un au camp 7. Ils boivent avidement du thé, abrités du mauvais temps qui s'est désormais installé. Les pieds de Qu Yinhua ont gelé en bloc avec ses chaussures. Les rares comptes-rendus sur cette descente délaissent enfin les considérations sur la toute-puissante pensée de Mao pour exposer une situation critique. Il est décidé – sans doute une réunion du Parti – que le lendemain, 26 mai, Gonpo et Liu Lianman se dépêcheront vers le bas en quête de secours pour leurs deux camarades. Il faut croire que ce dernier s'est rétabli d'un coup !

Le jour suivant, Wang Fuzhuou et Qu Yinhua suivent comme ils peuvent. Ils auraient perdu vingt-cinq kilos chacun, et si leur retraite est très peu décrite, ce que l'on en sait est terrible. Le 26 mai, ils dévissent vers 8 200, sauvés par un rocher auquel s'accroche la corde, comme au Minya Konka quatre ans plus tôt... Wang est blessé à la hanche et a perdu sa chaussure gauche dans la chute. Il s'arrange avec des chaussettes de rechange et des mitaines. Il aurait aussi très mal à la gorge et mâche de la neige pour soulager sa douleur. En plus des engelures, ils sont atteints d'une ophtalmie des neiges après avoir brisé leurs lunettes. La météorologie se dégrade toujours plus. L'après-midi du 27, vers 7800 mètres ils croisent les Tibétains Bianba et Bian Anmin envoyés à leur rencontre par Liu Lianman et Gonpo. Les porteurs les assistent jusqu'au col nord où on leur cuisine des nouilles, premier véritable repas depuis trois jours semble-t-il. Une équipe les évacue le 28 vers le camp avancé à 6400 mètres. Qu Yinhua ne peut plus marcher. On découpe ses chaussures avant d'envelopper ses chairs nécrosées d'une épaisse gaze.

Tous retrouvent enfin le camp de base le 30 mai 1960, piolets levés en signe de victoire, au son des gongs tibétains. Xu Jing rapporte à voix haute la mission accomplie de ses hommes, devant un Han Fudong au garde-à-vous et avant une accolade virile. Wang, Gonpo et Qu, cuivrés comme des nomades des plateaux, les lèvres fendues et les cheveux hirsutes, ont l'air ahuris. Un cliché les immortalise en plan serré, des brassées de fleurs plein les mains, tandis que sur une autre photographie ils sont portés en triomphe, les mains dans d'énormes moufles et encore habillés en himalayistes. Est-ce parce qu'ils ne peuvent plus marcher et que leurs phalanges sont noires ? Les commissaires en col Mao applaudissent à tout rompre, le temps est limpide et la face nord de l'Everest sert de décor. Une mise en scène sans doute. Une reconstitution même. La célébration aurait été rejouée deux jours plus tard, le 1er juin.

En réalité, Liu Lianman et Gonpo sont parvenus les premiers à Rongbuk, si affamés que Xu Jing a dû leur ordonner de ne pas s'empiffrer sous le portrait de Mao qui orne la cantine. Wang Fuzhuou et Qu Yinhua ne sont arrivés que le lendemain, hagards et immédiatement pris en charge dans l'infirmerie. Wang est le plus chanceux des deux. Grâce à la perte de sa chaussure gauche, son pied s'est retrouvé moins congestionné. Il sacrifie d'après les dires cinq orteils et les premières phalanges de quatre autres. Qu Yinhua, lui, sera amputé de tous ses orteils et de son index droit, voire de quelques autres doigts. Il se réconforte en avalant des mets de son Sichuan natal : porc épicé cuit deux fois, bœuf frit avec pousses d'ail et pommes de terre kang. Il répétera toujours que cela en valait la peine, pour la patrie, pour le Parti. Il plaisantera le reste de sa vie sur sa démarche devenue pareille à celle des femmes aux pieds bandés de la Chine impériale.

L'accueil triomphal se répète ensuite à Lhassa. D'après Liu Lianman tous les dirigeants du comité du travail et du district militaire sont de sortie. Il y a même le panchen-lama. « Nos compatriotes tibétains ont fait une haie d'honneur sur des kilomètres en habits neufs », relate Liu. Les archives montrent les vainqueurs de l'Everest debout dans des décapotables, à travers une marée humaine, paradant devant le Potala et dans une débauche de drapeaux. Des pétales de fleurs parsèment les chevelures brunes des héros. Ils saluent le peuple et tout cela se termine inévitablement en réception de gala. Xu Jing fait le bilan publiquement : cinquante-trois membres de l'expédition ont passé les 7 556 mètres d'altitude et vingt-huit autres les 8 100 mètres. Une pluie de records.

L'expédition à l'Everest fait pourtant son retour dans un pays à genoux. La collectivisation en communes populaires a plongé le rêve maoïste dans une réalité noire. Les prisonniers des laogais s'appliquent à tuer des mouches dans le cadre d'une campagne d'extermination des nuisibles. Des millions de Chinois cherchent de quoi soulager leur ventre creux. À l'horreur de la famine s'ajoutent, partout dans les villages, les mutilations ou les exécutions pour avoir déterré une pomme de terre ou dérobé un peu de grain. Les paysans émigrent en masse vers les villes tandis qu'une génération d'étudiants est décimée dans le Grand Ouest qu'elle s'acharne à défricher.

Les conquérants du Qomolangma ne voient sans doute rien de tout cela. La gloire est un monde parallèle. Des centaines de personnes se pressent à l'aéroport de Pékin et la couverture d'un journal montre Xu Jing descendre en premier, ramassant les bouquets que lui tendent des jeunes filles. Gonpo suit, accoutré d'un costume traditionnel tibétain, et Liu Lianman, presque timide, se tient encore en haut de la passerelle d'où il contemple la petite foule. Les héros de la nation s'installent ensuite dans le meilleur hôtel de la capitale : l'Overseas Chinese Building, où le maréchal He Long les reçoit en personne. Wang Fuzhuou, Qu Yinhua et une quinzaine d'autres semblent ne pas être de la fête. Ils ont été dirigés vers l'hôpital.

Le 27 juin, dans un stade des Travailleurs comble de soixante-dix mille personnes a lieu une cérémonie triomphale. L'équipe au complet est alignée sur deux rangs au centre de la pelouse. He Long souligne l'« esprit collectif » et le « style communiste » de l'ascension au Qomolangma. Il appelle chacun à « apprendre des jeunes alpinistes chinois, de leurs hautes qualités, de leur confiance sans limites en le peuple et le Parti ». Il loue « leur dévouement, leur foi dans la révolution et leur audace ». À quoi succède une nouvelle réception, bourrée de maréchaux, de vice-présidents, de commissaires et du général Tan Guansan. Mao aurait bien voulu mais il est accaparé par les affaires étrangères. Liu Lianman précise qu'il a pu inviter sa femme aux festivités et tous reçoivent des breloques. Ceux qui ont dépassé les 8 000 mètres sont récompensés d'une médaille d'or. Les trois héros du sommet ainsi que le chef d'expédition Shi Zhanchun sont décorés de la médaille des champions.

Ils visiteront ensuite quelques écoles et usines du pays, de Pékin à Tianjin, afin de narrer leur incommensurable exploit et « inspirer des millions de personnes ». Ils ont bien mérité leur repos au sanatorium des travailleurs du textile de Qingdao, où ils coulent ensuite quelques douces journées. Dans son livre, Liu Lianman se montre redevable pour ce qu'il qualifie de « traitement de faveur ». Il est bien conscient de la conjoncture depuis sa villégiature. « Bien que ce soit l'époque de la catastrophe naturelle de trois ans, nous avons quand même reçu trois repas par jour durant notre convalescence. » Ainsi parlait-on du Grand Bond en avant et de sa terrible famine. Les caprices du ciel étaient coupables à la place de Mao. Les campagnes n'étaient plus peuplées que de silhouettes squelettiques. Jusqu'à quarante millions de morts d'après les historiens. On parle de la plus grande hécatombe qu'ait jamais connue l'humanité. Mais le buste du Grand Timonier trônait au sommet de l'Everest…

Troisième partie

RÉVOLUTION CULTURELLE

Aucune preuve

Dès le 28 mai 1960, six cents millions de Chinois découvrent la nouvelle qui se propage dans tous les médias. De vaillants maoïstes – un étudiant en géologie, un bûcheron et un Tibétain de l'armée – viennent de vaincre la plus haute cime du monde, le Qomolangma ! Qui a déjà entendu parler de ces gars-là ? Personne, et pour cause, les autorités n'ont rien dévoilé aux masses de cette expédition, ni sa préparation ni la tentative avortée l'année précédente. On n'est jamais trop prudent.

Le Quotidien du peuple ou le journal sportif *Tiyu Bao* publient un rare supplément sur la prouesse des alpinistes rouges. *Renmin Ribao* souligne que ces héros des neiges ont « honoré leur terre natale ». L'agence officielle Xinhua clame : « Le mythe de l'impossible voie nord de l'Everest a volé en éclats ! » Les articles insistent lourdement sur le drapeau au sommet, le buste de Mao et la primauté chinoise. Les « impérialistes » n'ont-ils pas échoué ici de nombreuses fois, allant jusqu'à désigner cette voie comme celle « de la mort » ? S'ils ont finalement réussi l'ascension côté népalais, ce fut par « des pentes plus douces » et après avoir « si longtemps piétiné » ! La jeune génération mao, elle, n'a eu besoin que d'une expédition pour « vaincre les difficultés les plus terribles ». Et avec deux petites années d'expérience encore ! « La preuve des incomparables avantages de la construction socialiste. »

Dans les comités de quartier, les universités et jusque dans les laogais, on décortique les ressorts de cet incontestable succès révolutionnaire. Les séances d'étude quotidiennes sont soudain consacrées au Qomolangma. Chacun, de l'ouvrier au prisonnier, loue la pensée de Mao appliquée à l'himalayisme. Les commissaires, les secrétaires et autres chefs de cellule déclament les colonnes des journaux avec des trémolos. Flatter l'orgueil national pallie-t-il les tourments du Grand Bond en avant ? Il est probable que oui, en partie. L'honneur de la nation plane au-dessus de toute considération nombriliste. Le maoïsme est une nourriture de l'esprit. La conquête de l'Everest a le mérite de laver les humiliations occidentales et de coiffer au poteau le rival indien. Une pièce de théâtre intitulée *Qomolangma* sera bientôt jouée à Shanghai.

L'information est aussitôt diffusée au-delà des frontières. À en croire Pékin, les télégrammes enthousiastes se mettent à pleuvoir depuis le bloc de l'Est, l'Indonésie, la Corée du Nord... Malgré la brouille grandissante, Khrouchtchev adresse ses félicitations à Mao et le magazine *Kitaï* rapporte le fait d'arme sans la moindre réserve, à l'exemple de toute la presse d'URSS. Il n'y a que Kirill Kuzmin pour, diplomatiquement, rappeler certaines vérités enrobées de louanges : « Les alpinistes soviétiques qui ont beaucoup œuvré dans les coulisses de cette victoire saluent du fond du cœur leurs amis et élèves. »

Simple amertume ou bien les Russes entretenaient-ils quelques soupçons ? Ils ont formé Xu Jing, Liu Lianman, Wang Fuzhuou ou encore Qu Yinhua. L'un d'eux écrira plus tard : « Les Chinois s'entraînaient à nos côtés. Pas avec nous car ils n'en étaient pas capables, ils ne tenaient ni nos charges ni nos cadences. Dès le début, j'avais été étonné par leur forme désespérément médiocre. Comment envisageaient-ils les choses alors qu'ils traînaient leurs jambes avec peine ? » Un autre se souviendra : « En les regardant, j'ai compris que nos frères étaient non seulement tout sauf des alpinistes, mais qu'en plus ils n'étaient absolument pas sportifs. Le Parti les avait envoyés sur ce front-là du travail.

Leur conviction idéologique, leur fidélité et leur foi dans l'idéal communiste palliaient faiblesses et inexpérience. » L'élève médiocre, même habité des fulgurances de Mao, avait-il pu si facilement dépasser le maître ?

Les Occidentaux n'avaient jamais grimpé avec les Chinois mais l'ombre d'un doute accompagna les quelques messages polis. Compte tenu de leur inexpérience, des écueils et des inconnues de la voie, Wang Fuzhuou, Qu Yinhua et Gonpo prétendaient ni plus ni moins à unc prouesse inouïe. Or ils ne présentaient aucune preuve à l'appui de leurs dires ! D'autant que des sources himalayennes remettent en cause l'exploit. Dans son édition du 21 mai, le journal népalais *Kalapana* croit par exemple savoir que l'expédition a « échoué vers 24 000 pieds (7 300 mètres), en raison d'un défaut dans les bouteilles d'oxygène ». On ignore comment une telle information a pu parvenir jusqu'à Katmandou sinon par le truchement incertain de Tibétains fuyant par les hauts cols. *Kalapana* rapporte aussi, à tort, la participation de grimpeurs russes, à l'instar d'une presse pakistanaise certaine, elle, du succès chinois... La plus grande confusion entoure l'ascension.

L'*Alpine Journal*, une référence mondiale dans le milieu de la montagne, se fait alors la voix d'une perplexité courtoise. Certains membres des tentatives britanniques sur ce même versant sont encore de ce monde. À commencer par Eric Shipton qui a participé à deux expéditions dans les années 1930. L'homme s'intéresse de près à l'affaire, ainsi que le professeur Lawrence Wager ou encore George Finch, un autre alpiniste anglais. Ceux-là ont gardé de solides archives et une bonne cartographie de leurs ascensions avortées. Il y a aussi des vues prises par Hillary au sommet lors de sa première côté népalais, en 1953. Les éléments de comparaison ne manquent pas et le récit chinois est d'emblée attaqué. Les articles publiés dans les relais de propagande ne convainquent personne.

Le rapport officiel signé de Shi Zhanchun est jugé aussi imprécis qu'indigeste, brouillé par l'emphase et les hyperboles. Le superviseur de l'alpinisme chinois s'y épanche plus volontiers sur la « confiance dans la victoire de la cause révolutionnaire » que sur des faits tangibles, au point de paraître évasif en maintes circonstances. C'était oublier que les autres nations ne se satisferaient guère de prose idéologique. L'histoire de l'échelle humaine déclenche des sarcasmes. Personne n'envisage sérieusement que Liu Lianman ait soulevé un Qu Yinhua pieds nus, à 8 600 mètres d'altitude... D'autant que, si Shi Zhanchun estime le passage à trois mètres verticaux, il serait plutôt de cinq à neuf mètres ! La description topographique de la voie paraît lacunaire voire erronée aux connaisseurs d'alors et d'aujourd'hui. On juge qu'elle a parfaitement pu être brossée en scrutant l'arête à la jumelle, depuis un camp quelconque ou une vue aérienne. Le récit, qui connaît rapidement diverses versions au gré des publications, est émaillé d'incohérences. Certaines relatent par exemple que les rochers du sommet étaient gris, d'autres bruns, alors qu'il faisait nuit. On ne comprend pas bien selon les témoignages si le vent était fort ou tombé. Le décompte des heures n'est pas plus rigoureux. À midi, il ne leur restait que trois cents mètres de dénivelé mais le sommet n'a été atteint qu'en pleine nuit et sans lampes. Des doutes sont aussi émis sur la capacité des trois héros à lutter dix-neuf heures consécutives au terme d'un long séjour en haute altitude.

On se concentre sur la fameuse photographie de l'aube, faite par Qu Yinhua à la descente, supposément vers 8 700 mètres, au-dessus du deuxième ressaut. Les Chinois justifient de n'en posséder aucune du sommet par leur arrivée nocturne. On calcule d'après les ombres qu'elle a en réalité été déclenchée sous un soleil déjà haut, alors que l'expédition indienne renonçait faute de bonnes conditions. Or le cliché montre un paysage au ciel azur et sans premier plan. Qu Yinhua n'a placé aucun de ses camarades dans le cadre, pas même un rocher de l'arête.

Rien ne prouve qu'elle ait été prise au-dessus du deuxième ressaut. Elle a aussi bien pu être faite depuis un avion, et les autres vues ne sont pas plus concluantes. La descente n'est guère documentée, la situation météorologique peu claire.

On leur tendit à l'époque diplomatiquement la perche, concédant que la nuit, au-dessus de 8 000 mètres, avec le manque d'oxygène, la faim, la soif, il était aisé de prendre une saillie pour la cime… Tant d'ascensions ont été remises en cause dans l'histoire de l'himalayisme ! Un terrain de compromis semblait-il, mais non, la Chine ne se dédierait jamais, et jusqu'à aujourd'hui. Le rapport « ultra-confidentiel » invoque un éparpillement des interviews et une méconnaissance de l'alpinisme par les journalistes chinois afin de justifier les lacunes du récit. Pékin mettra plus tard en avant les amputations impressionnantes de Qu Yinhua. Pour expliquer l'absence de clichés probants, Xu Jing prétendra *a posteriori* qu'ils avaient dû se délester d'un Leica trop lourd. La superproduction shanghaïenne *The Climbers*, elle, mettra en scène – en 2020 ! – la perte du précieux appareil photo lors de la descente. Elle en fera même le cœur de son scénario alors qu'il n'en est nulle part question dans le rapport officiel de Shi Zhanchun.

Les mensonges sont un classique de l'himalayisme. Les ascensions sont comme les tableaux dans les musées, les experts estiment à trente pour cent le nombre de faux. Mais ces impostures relèvent ordinairement de guerres d'ego et se jugent au tribunal de l'éthique occidentale. Or on soupçonnait cette fois une affaire d'État dans un contexte géopolitique brûlant. Cet alpinisme-là n'était ni une conquête égotique ni un geste romantique. C'était un tour de force à valeur de revendication territoriale. Le Népal ne s'y trompa pas en déclarant par la voix de son ministre des Affaires étrangères que cette ascension, qualifiée de « mauvais signe d'arrogance », ne saurait offrir à Pékin une souveraineté exclusive sur l'Everest. Les Indiens qui tentaient le sommet par le versant sud avaient, eux, avoué sans ciller leur échec. À tort peut-être. La conquête du Qomolangma ne fut pas sans conséquences sur le rapport de force himalayen.

Mais qui mentait exactement ? Étaient-ce les ascensionnistes, Wang Fuzhuou, Qu Yinhua et Gonpo ? Ou bien l'État, au fait de l'échec de ses champions ? Le trio de tête avait-il scellé un pacte inavouable ou bien le Parti leur imposait-il de se comporter en vainqueurs ? Les deux peut-être. La Chine vit alors dans une sorte de terreur depuis les Cent Fleurs. Ces hommes-là ne pouvaient raisonnablement redescendre perdants. On ne leur demanda rien et ils firent comme si. Un mensonge tacite, collectif et couru d'avance.

Il n'était pas prévu qu'ils échouent. Ils devaient conquérir l'Everest « à tout prix », celui de la vérité compris. Combien étaient dans le secret ? On clama que Wang Fuzhuou, Qu Yinhua et Gonpo avaient porté l'étendard rouge au sommet de l'Everest, en mai 1960. Qu'importait qu'ils aient réussi, il suffisait qu'ils se taisent.

Xu Jing, par exemple, savait-il ? Avant de mourir, il justifiera encore : « Nous n'étions pas conscients de la nécessité de prendre des photos. Nous ne réalisions pas à quel point cela était important. » Ni lui ni personne n'a jamais démenti le récit officiel, pas même à l'article de la mort ni par écrit posthume. Wang Fuzhuou ne semblait pas très loquace devant la presse et, d'après sa fille, Qu Yinhua n'évoquait l'ascension qu'occasionnellement et toujours comme un « combat ». Gonpo, dernier survivant, ressasse aujourd'hui encore à longueur d'interviews : « C'était une grande joie pour moi », « Nous avions planté au sommet le drapeau de notre pays, la Chine ». L'hypoxie n'est pas sans effet sur la mémoire et on ne peut exclure qu'ils n'aient conservé qu'un souvenir altéré des dernières heures. Avec le temps, ils finirent peut-être par se persuader qu'ils avaient vaincu le Qomolangma.

De nos jours la Chine plaide sans relâche le malentendu, affirmant que « la communauté internationale a progressivement accepté cette victoire ». N'est-il pas possible de conquérir l'Everest sans oxygène contrairement à ce qu'on leur avait opposé ? La description sommitale n'est-elle pas relativement conforme ? Et pourquoi auraient-ils choisi de célébrer ces jeunes inconnus plutôt que Xu Jing et Liu Lianman, des héros plus capés et plus crédibles ? J'attendais beaucoup du témoignage autobiographique de ce dernier, que l'on m'a envoyé de Chine lors de mes recherches. Hélas, les seules pages manquantes de cet ouvrage franc et parfois naïf se sont trouvées être celles de l'expédition à l'Everest. « Déchirées », m'a-t-on affirmé depuis une bibliothèque du Sichuan...

Il aurait fallu interroger séparément Wang Fuzhuou, Qu Yinhua et Gonpo jusque dans les plus infimes détails, comparer leurs versions respectives sans concertation possible, comme dans les prisons du régime. Vœu pieux ! Personne n'avait le moindre intérêt à éclaircir l'affaire et la propagande s'occupa du contraire. La chose était certaine et le doute interdit. La République populaire de Chine n'est pas l'URSS, elle ne s'est pas écroulée sur elle-même. Les langues ne se sont guère déliées et officiellement elle est toujours communiste, à défaut d'être maoïste. Le versant septentrional du Qomolangma est, aujourd'hui encore, rouge.

Trois ans plus tard, en 1963, des Américains s'aventurent sur la délicate arête ouest marquant la frontière entre Népal et Tibet. Personne n'a atteint la cime de l'Everest depuis l'expédition chinoise. Ils basculent illégalement dans la face nord, en territoire de Pékin, pour remonter un long couloir qui prendra le nom de Hornbein. La très haute altitude est *de facto* une *terra nullius*, sans bornes ni garde-frontières. Ces alpinistes occidentaux sont d'une autre trempe que Liu Lianman, Xu Jing, Wang Fuzhuou, Gonpo ou Qu Yinhua. Ils sont empreints d'une plus vieille culture montagnarde, ont appris auprès d'aînés chevronnés et manient un équipement moderne. Parvenus au sommet, ils ne trouvent aucune trace de passage, ni buste de Mao, ni drapeau, ni message à la postérité. Pas plus qu'une autre cordée montée quelques heures plus tôt depuis le col sud. Le destin de la petite figurine du Grand Timonier restera un mystère. Peut-être que, renonçant quelque part au-dessus de 8000 mètres, vers le 22-23 mai 1960, quelqu'un l'avait jetée dans un abîme ?

Il n'y a pas plus de preuve aujourd'hui d'un succès chinois à l'Everest en 1960 que pour Mallory et Irvine en 1924, et il est fort probable que, comme eux, les vaillants maoïstes se soient trouvés arrêtés par le second ressaut, trente-six ans après…

Shishapangma, dernier 8 000

L'ascension de l'Everest par les Chinois est nimbée de propagande. Pékin n'a cessé de proclamer sa victoire avec une abnégation troublante et les protagonistes ont fait preuve de la même constance. On ne peut s'empêcher, malgré l'embarras, de ménager une place au doute inverse. Et si cette ascension était l'une des plus étonnantes de l'histoire de l'alpinisme ? Si les outrances de la rhétorique mao avait desservi un authentique exploit ?

Quoi qu'il en soit, ces hommes ont bel et bien existé. Leur trace n'est pas aisée à suivre mais elle continue de sillonner le toit du monde, où la rébellion tibétaine n'est pas complètement éteinte. La Chine construit partout des pistes afin de priver de repaires les soldats de Bouddha et d'acheminer ses armes. Des milliers d'hommes réquisitionnés par les autorités triment dans des surplus militaires, armés de pelles et de pioches, se réchauffant autour de maigres braseros, dormant dans des tentes rapiécées, enfumées par les poêles à charbon.

La résistance parvient encore, de temps à autre, à couper ces artères chinoises en attaquant des convois. Les cavaliers ont trouvé refuge au Mustang, petit royaume tibétain en territoire népalais. L'armée les y poursuit à l'occasion, accusant le « gouvernement réactionnaire de l'Inde » de les y appuyer. Les relations himalayennes se dégradent violemment et en octobre 1960, des soldats indiens sont tués et capturés au Ladakh. Pékin récuse la ligne McMahon héritée de l'Empire britannique, faisant office de frontière. À la place, le Premier ministre Zhou Enlai signifie à Nehru son concept de « ligne de contrôle réel ». Quelque chose comme la politique du fait accompli.

Les tensions avec Moscou, soutien de New Delhi, éclatent elles aussi au grand jour. Mao condamne la détente initiée par Khrouchtchev, lequel dénonce la faillite du Grand Bond en avant. Le premier se proclame héritier du marxisme-léninisme quand le second pointe du doigt la « politique expansionniste » chinoise. La rupture est consommée et l'URSS rappelle brutalement ses experts de tous ordres. Les contacts se poursuivent malgré tout sporadiquement entre alpinistes. On sait que Kirill Kuzmin revoit Wang Fuzhuou, Qu Yinhua et Gonpo en janvier 1961, à Pékin : « Des garçons modestes et discrets devenus des hommes conscients de la valeur de leur exploit. » Kirill Kuzmin reçoit au nom de sa fédération une médaille d'or pour la formation, le matériel et la reconnaissance à l'Everest. Le Parti salue « ceux qui les ont aidés dans leur victoire ». L'information est rapportée dans la presse soviétique sans qu'il soit certain qu'elle ait été relayée en mandarin.

Au mois d'avril, c'est au contraire Wang Fuzhuou qui se rend à Moscou. À la maison de l'Amitié, il présente un film en couleurs de l'expédition que j'ai pu retrouver. On y suit le départ de Lhassa, le camp de base, la montée au col nord… et le triomphe du retour. La caméra n'a pas dépassé les 7 500 mètres, au mieux. Aucune vue des abords du sommet, la « victoire » est narrée en commentaire, sur un plan nocturne de l'Everest. Le réalisateur abuse ensuite des scènes de liesse et des visages radieux en contre-plongée, dans la grande tradition du cinéma communiste. Toujours aucune preuve. En revanche, par deux fois, l'image montre des restes d'expéditions britanniques et Wang Fuzhuou dévoile à ses confrères soviétiques la découverte du corps qui s'avérera être celui d'Irvine.

C'est sans doute le dernier contact entre les alpinistes des deux géants d'Eurasie. La page se tourne et une anecdote illustre l'absurde de cette zizanie internationaliste. Un prisonnier condamné au laogai pour avoir insulté les « grands frères » soviétiques exige d'être libéré puisque la presse chinoise qualifie désormais Khrouchtchev d'« œuf pourri » à longueur d'articles. Logique, à première vue, mais l'inépuisable rhétorique maoïste lui reprochera d'autres griefs. L'homme n'obtiendra aucune remise de peine. Dans les camps, on continue de crever de toutes les affres de la faim. C'est sans parler des campagnes, où des villages entiers ont été décimés par le Grand Bond en avant. Par endroits, les cadavres parsèment les champs.

Cela n'empêche pas les ascensions. Une expédition de l'Institut de géologie de Pékin a récemment conquis l'Amnye Machen et ses 6 268 mètres. En 1961, une autre retourne au Kongur Tiube (7 530 mètres) au prix de cinq victimes et d'un certain nombre d'engelures. Aucun de nos héros ne semble y avoir participé mais tous se retrouvent en septembre pour celle du Shishapangma et ses 8 013 mètres. Depuis la première du Dhaulagiri par des Suisses l'année précédente, le Shishapangma est le dernier 8 000 vierge. Et pour cause ! Il est le seul à se trouver tout entier en territoire chinois. À l'instar du versant nord de l'Everest, son accès est strictement réservé.

Au Shishapangma, Liu Lianman nous dit superviser plus de cent alpinistes pour ce qui est officiellement une « reconnaissance ». Les guillemets sont de rigueur. Il m'a souvent semblé que l'expression servait à maquiller des échecs. L'affaire ne va d'ailleurs pas plus loin et l'on retrouve sans transition Liu Lianman un an plus tard, dispensant cette fois son savoir-faire à des militaires. Il dirige des exercices nocturnes dans le cadre d'un « bataillon de montagne ». Cette même année 1962, des soldats indiens s'aventurent un peu au nord de la ligne McMahon en Himalaya oriental. La Chine fustige aussitôt les « expansionnistes indiens » et déclare la guerre à son voisin. Les troupes de New Delhi sont balayées par l'armée du général Zhang Guohua qui envahit brièvement la région de l'Arunachal Pradesh, là même où avait trouvé refuge le dalaï-lama en 1959.

En 1963, nouvelle « reconnaissance » au Shishapangma, qui atteint la cote des 7160 mètres. Autre échec donc mais Liu Lianman est nommé « entraîneur » et se voit gratifié d'une médaille d'honneur des sports. Le concept de guide ne peut éclore dans une société ne pratiquant l'alpinisme qu'aux ordres de l'État. Liu Lianman est ensuite convié aux festivités du quatorzième anniversaire de la République populaire de Chine, pour y représenter l'équipe nationale devant Mao et Zhou Enlai en personne. Que de chemin parcouru pour le miséreux de Mandchourie ! Liu est aux anges, d'autant qu'un texte signé de son nom et narrant leurs exploits au Qomolangma a été inclus dans les programmes scolaires. Il n'en a pas écrit une ligne mais son esprit de sacrifice est désormais disséqué par des dizaines de millions d'écoliers en uniforme.

Gonpo rencontre à son tour le Grand Timonier, en 1964. Une photographie immortalise l'instant de gloire du serf tibétain devenu héros chinois. Des milliers de ses pareils pourrissent en exil dans les plaines humides et brûlantes de l'Inde tandis que sur le toit du monde l'histoire s'accélère. Depuis ladite « répression des insurrections » de 1959, la Chine a aboli les structures traditionnelles. Les terres des monastères et des seigneurs sont redistribuées, la corvée a été supprimée. Les bâtiments religieux sont affectés à l'hébergement des milliers de Han que l'État déporte souvent sur le critère de leur mauvaise origine. Des promotions entières d'étudiants endoctrinés reviennent dans leur sillage sur les hauts plateaux, où la religion est remplacée au pas de charge par le communisme. Les « superstitions » sont chassées, comme si la défaite des Tibétains était celle de leurs dieux. Mao a triomphé des démiurges coléreux. C'est devant son portrait que l'on se prosterne désormais.

L'assaut sur le Shishapangma a lieu au milieu de cette débâcle divine. La route récemment aménagée vers Katmandou sert d'approche de ce massif qui constitue le théâtre de *Tintin au Tibet*, paru quelques années auparavant en Europe. Étrange ouvrage qui fait l'impasse sur les bouleversements himalayens alors même que Tintin n'a jusque-là cessé à travers ses aventures d'explorer les spasmes de son époque. Hergé y dépeint un toit du monde fantasmé et immuable, sans la moindre allusion à la suprématie chinoise. Libre et apolitique, Tchang, l'ami du célèbre reporter belge, est l'opposé du citoyen mao.

L'expédition mobilise l'équipe d'alpinisme chinoise mais aussi un groupe d'himalayisme tibétain, nouvellement créé sous la supervision d'un… Han. Gonpo l'a intégré joyeusement mais n'est pas de cette ascension. L'ancien pâtre analphabète auquel les nobles déchus tirent désormais la langue en guise de salut a été dépêché à l'Institut central des nationalités pour faire ses classes. Il lui faut parfaire sa calligraphie et son socialisme. Qu Yinhua, lui, a été amputé de tous ses orteils, on ne le reverra plus en montagne. Quant à Liu Lianman, il s'est cassé un « os du cou » lors d'un match de basket et rejoindra, je crois, ses camarades plus tard.

C'est Xu Jing qui est nommé, comme de coutume, à la tête des opérations. L'expédition se veut encore une fois d'envergure et les Chinois ne feront jamais autrement. Cent quatre-vingt-quinze hommes – scientifiques, cartographes, géologues, physiologistes, géophysiciens – s'élancent à la mi-mars sur le versant septentrional. Xu Jing dirige l'établissement des camps d'altitude tout le mois d'avril avant que, le 1er mai, une douzaine d'hommes ne se concentrent au camp 6, prêts pour l'assaut final. Les éclairs illuminent les tentes perchées à 7700 mètres sur l'éperon est, précédant le tonnerre. Wang Fuzhuou n'en dort pas. « Mon esprit voyageait sur la place Tiananmen où le peuple célébrait la journée du Travail avec des chants et des danses, le visage éclairé de feux d'artifice », dira-t-il. Voilà donc à quoi songe l'alpiniste mao dans l'œil du cyclone, à la veille d'une première historique !

Depuis le Grand Bond en avant, chacun se hèle avec des slogans maoïstes en public, de peur d'une bévue. La lutte politique constitue la seule promotion sociale possible. Parlent-ils ce froid langage idéologique entre camarades alpinistes, au cœur de la tempête ? On espère que l'hostilité des éléments, la majesté des lieux et la nécessaire solidarité effacent ces prudences révolutionnaires. Liu Lianman passe régulièrement la tête dehors. À 4 heures, le ciel est clair bien que la radio promette une dégradation dès l'après-midi. Branle-bas de combat. L'appétit n'est pas au rendez-vous du petit déjeuner, se croit obligé de préciser le rapport officiel. La demi-lune est à son zénith. Elle éclaire la neige fraîche dans laquelle ils peinent.

Vers 7800 mètres, peut-on encore lire, l'aurore les illumine. Fine brume. Une pente de glace de cinquante mètres les conduit à une arête où Wang Fuzhuou dévisse. Son compagnon – est-ce Xu Jing ? – enraye sa glissade et les cordées atteignent bientôt la cime. 2 mai 1964. Tout s'est déroulé au mieux. Ils contemplent l'Everest au loin tout en s'adonnant au rituel communiste. Le drapeau rouge est déployé, un buste de Mao déposé et Xu Jing griffonne un message à la postérité. Ils ne seront jamais retrouvés mais un photographe a cette fois immortalisé la cérémonie. C'est la toute première fois dans l'histoire que dix personnes se hissent simultanément sur un 8000. Un record et une ascension de premier rang, sans récit abracadabrantesque ni trop d'invocation maoïste.

Pourtant là encore, rien n'est certain et la controverse fait rage. Xu Jing, Wang Fuzhuou et leurs camarades n'auraient pas atteint le point culminant, situé un peu plus loin sur une arête effilée. Le compte-rendu d'expédition indique 8013 mètres, soit légèrement moins que la mesure officielle. À leur décharge, la plupart des himalayistes contemporains se contenteraient de nos jours de cette antécime communément baptisée « sommet central ». Les puristes estiment que le Shishapangma ne fut véritablement dompté qu'après la mort de Mao par des Occidentaux aussi prestigieux que Reinhold Messner ou Doug Scott.

Quant à Liu Lianman, il est hospitalisé dès son retour à Lhassa. La capitale tibétaine est devenue méconnaissable. Une ville nouvelle s'étend, avec son asphalte, ses boutiques approvisionnées depuis les basses plaines, son éclairage public et un vaste palais de la Culture. Liu Lianman est traité avec faveur et a droit à une « nourriture spéciale », se vante-t-il. La voiture personnelle du général Zhang Guohua l'attend à sa sortie. Les cordées victorieuses sont reçues par les autorités militaires de la région autonome sans que les réjouissances égalent celles du retour de l'Everest. Il n'y a pas cette fois de foule en liesse pour acclamer les alpinistes de Mao. Liu Lianman part en convalescence dans sa lointaine Mandchourie.

Le sommet est plus anodin et en retrait des frontières, sans compter une année chargée en actualités. Les scientifiques ont procédé au premier essai nucléaire dans le Xinjiang. La France vient officiellement de reconnaître la Chine communiste et le panchen-lama a été… arrêté. Le jeune homme de vingt-six ans s'est fendu d'une liste de doléances pour son peuple en souffrance. Sa « Pétition en 70 000 caractères » dénonce le Grand Bond en avant, la famine au Tibet ou les avortements forcés. Il refuse de qualifier le dalaï-lama de « réactionnaire » et appelle à l'indépendance. À Lhassa, de nouvelles émeutes éclatent tandis qu'il est soumis à des « séances de lutte », ces humiliations publiques qui voient se rassembler un auditoire haineux contre un accusé battu et parfois lynché. On le déporte dans la foulée à Pékin pour une rééducation en règle. La réincarnation du bouddha Amitabha y sera forcée de trimer dans une usine électrique avant d'être jetée en prison.

Gardes rouges sur le toit du monde

Gonpo, qui étudiait à l'Institut central des nationalités, est de retour à Lhassa en septembre 1965. On vient d'y proclamer une région autonome qui n'englobe que les contrées centrales du grand Tibet. Appelez-la désormais Xizang. Le général Zhang Guohua propose dans un rapport de « construire un nouveau Tibet sous la direction du drapeau rouge de la pensée de Mao Zedong ». L'ONU a voté une résolution condamnant les violations tous azimuts des droits les plus élémentaires, mais peine perdue. Les hauts plateaux sont de plus en plus intégrés à la Chine et si les Khampas continuent la résistance dans la frange sud, avec l'aide de la CIA, les raids aériens et l'infanterie réduisent chaque jour cette lutte désespérée.

Gonpo est tout sauf un insurgé. Il collabore pleinement avec Pékin. Le voilà « élu » représentant du premier congrès populaire du Xizang.

Il continue cependant de s'entraîner au camp de Nyingchi, le repaire de l'équipe tibétaine d'alpinisme dont il est aussi l'adjoint. Le Parti a décidé d'envoyer une nouvelle expédition à l'Everest, espérant probablement faire taire les critiques quant à la première. L'Himalaya ne regorge-t-il pas pourtant de sommets vierges ? Seul le Qomolangma focalise les obsessions. La Chine a ignoré le scepticisme occidental mais elle a besoin d'une victoire sans appel. En 1965, il est à nouveau question d'une « reconnaissance » – qu'y a-t-il donc à reconnaître désormais ? – jusque vers 7500 mètres. Un abandon dans une neige profonde sans doute. On n'en saura jamais rien. De l'autre côté de l'Himalaya en revanche, après deux tentatives avortées, l'Inde parvient cette année-là au sommet. Neuf hommes déploient le drapeau à la roue sur la cime des cimes.

La Chine enrage peut-être, d'autant qu'elle ne pourra répliquer de sitôt au succès de son grand rival asiatique. Ce n'est cette fois pas un soulèvement qui a éclaté à Lhassa, mais une bataille sans merci dans les coulisses de Zhongnanhai, le siège pékinois du régime. Écarté de la présidence depuis le Grand Bond en avant, Mao veut reprendre le contrôle. Il exhorte la jeunesse à purger le Parti de ses éléments « révisionnistes ». Le socialisme serait menacé, les capitalistes en embuscade. Les intellectuels doivent être rééduqués sans délai, et tout ce qui représente l'ordre ancien, définitivement exterminé. Ce pour « préserver la pureté de la doctrine communiste ». Mao a baptisé sa nouvelle lubie la Grande Révolution culturelle prolétarienne, sorte de coup d'État idéologique, de dépassement de la gauche par la gauche, une véritable « lutte pour le pouvoir ».

Liu Lianman raconte qu'il entend pour la première fois parler de la Révolution culturelle à la radio, dans un camion redescendant d'on ne sait quel massif. Les chauffeurs torturent nerveusement leurs pédales dans les lacets et les virages. Partout des précipices, des gorges, des abysses, et puis la radio qui annonce sur un ton martial cette « Révolution culturelle ». Un mystère pour Liu Lianman qui confie n'avoir pas compris d'emblée, songeant innocemment à une « réforme du mandarin ». Il est loin du compte ! En fait de linguistique, des gardes rouges fanatisés essaiment à travers toute la Chine. Ce sont des jeunes voire des gosses, pour lesquels *l'Orient est rouge* et ses louanges à Mao servent de chant de ralliement. Il n'y a bientôt plus dans les rues que des banderoles truffées de slogans et des portraits du Grand Timonier. Le culte lyrique de sa personnalité prétend que les soldats perdent le sommeil à l'idée de le rencontrer : « Ô suprêmement bien-aimé président Mao, dix mille hymnes ne suffiraient pas à chanter l'amour sans limites que les combattants révolutionnaires éprouvent pour vous. Dix mille plumes rouges n'en finiraient jamais de décrire la foi sans limites. » Etc.

Dès lors, il faut chaque matin s'écrier « Longue vie à notre chef suprême, le président Mao ! » sous peine d'être dénoncé par ses voisins. User du *Quotidien du peuple* comme d'un vulgaire papier journal, injurier un chat – *mao* en mandarin ! –, tout cela peut vous précipiter au laogai en un éclair. Par précaution, on n'échange plus que des banalités. L'existence du moindre péquin est suspendue à son catéchisme idéologique et tous les Chinois mémorisent sans relâche *Citations* de Mao ainsi qu'*Œuvres choisies*. Les gardes rouges sont seuls juges, détruisent selon leur fantaisie, arrêtent à tout-va et en toute impunité. On estime qu'ils tuèrent ou conduisirent au suicide près de dix-huit mille personnes la première année – 1966 – dans la seule ville de Pékin. On retrouvera des cadavres pieds et poings liés jusque sur les plages de Hong Kong.

D'après Liu Lianman, l'équipe d'alpinisme se retire alors sur une base de l'École de l'air à Lanzhou. Ordre a été donné de ne pas participer à la Révolution culturelle. Peut-être souhaite-t-on préserver ces hommes aux compétences rares. Difficile de faire la lumière sur ces temps sauvages. Il est question d'une énième « reconnaissance » cette année-là, une expédition dans « l'esprit de la Révolution culturelle prolétarienne ». Tout un programme. L'effectif aurait été composé d'une soixantaine de soldats sans grande expérience dont une vingtaine devaient tenter le sommet sous la direction de Xu Jing. Vers 7 790 mètres l'entreprise aurait tourné au drame. La presse allemande évoquera vingt-quatre décès mais deux seulement semblent avérés. Un certain Ma Gao Shu lors de la retraite et un dénommé Shou Zhi Qing, foudroyé par une hémorragie cérébrale au col nord. On parle par ailleurs d'une trentaine d'alpinistes atteints d'engelures, conditionnel de rigueur.

Ce que l'on sait pour sûr en revanche, c'est qu'à Pékin le panchen-lama est jugé avec toute sa famille par des gardes rouges déchaînés. Il est roué de coups de ceinture la journée durant, après un simulacre de procès. Il faut que le Comité central intervienne pour le faire délivrer, mais son répit ne sera que de courte durée. De nouveau arrêté, il passera quatorze années en détention puis en résidence surveillée, n'en sortant que pour ces séances de lutte au cours desquelles il est humilié dans des stades pleins à craquer.

La fièvre se propage à travers l'immense pays. Les manuels scolaires – du poison bourgeois – sont déchirés sans que quiconque se risque à en rédiger de nouveaux. Les élèves ne font plus que réciter du Mao, chanter du Mao. Le « système national sportif » lui-même est remis en cause par la Révolution culturelle, les compétitions sont annulées, les athlètes dénoncés comme rejetons droitiers. Pour quelle raison ? Le socialisme ne doit pas se concentrer sur quelques champions mais éduquer physiquement les masses. On cesse l'entraînement des corps pour se consacrer au combat politique. C'est le seul exercice encore autorisé : des « danses de loyauté » rythmées par des citations de Mao.

Il y a soudain des manières plus ou moins socialistes de courir. Les arts martiaux sont montrés du doigt parce que « superstitions féodales ». Un pongiste de renom s'avoue « graine de révisionniste » tout en accusant He Long d'avoir fait du tennis de table un « royaume indépendant ». Le maréchal, qui supervise la Commission pour la culture physique, a déjà été visé par un dazibao. Des pans entiers de murs, couverts d'une calligraphie haineuse, lui reprochaient de soutenir la « voie capitaliste » de Liu Shaoqi et Deng Xiaoping. La femme de Mao, Jiang Qing, lui reproche publiquement d'être un sale réactionnaire. De vieux dossiers de la guerre civile, évoquant ses liens supposés avec les nationalistes de Taïwan, se font opportunément jour. Des lettres révèlent qu'il ambitionnait de rallier Tchang Kaïchek, on souligne son mode de vie ostentatoire.

Ce sont des faux mais qu'importe. Il tombe, incarcéré comme « contre-révolutionnaire », et sa disgrâce en entraîne d'autres dans son sillage. Il succombera en 1969 de sévices variés. He Long commandait aux expéditions himalayennes et il semble que l'alpinisme, lui aussi, fut accusé d'échapper aux politiques prolétariennes.

Il n'est plus question d'Everest. La Chine a d'autres chats à fouetter. À travers tout le pays éclosent des factions diverses se blâmant mutuellement d'être bourgeoises ou notoirement droitières. Chacun se prétend plus gauchiste que l'autre, plus révolutionnaire, plus légitime. Ces groupes dits « rebelles-révolutionnaires » prennent çà et là le contrôle des médias. Ils destituent les responsables locaux, leur font subir de furieuses autocritiques, les exécutent parfois. Des attaques arbitraires et souvent barbares se déchaînent contre les « cinq catégories noires » : mauvais éléments, paysans trop aisés, etc. La violence frappe au hasard des régions, des hommes et des rancœurs. Ici on brûle vif, ailleurs on noie, d'autres plus magnanimes se contentent de fusiller sur une dénonciation mesquine, parce que untel a une petite amie trop jolie ou des biens convoités.

Au Tibet, les gardes rouges débarquent avec un peu de retard, comme tout ce qui souffle de Chine. Ils viennent de Pékin mais ne sont pas forcément han. Beaucoup d'étudiants tibétains reviennent de l'Institut central des minorités, un brassard rouge au bras, rejoints par les élèves du lycée de Lhassa. Comme partout les jugements publics deviennent quotidiens, et quand les suppliciés ne sont pas battus à mort, ils sont condamnés à nourrir les porcs ou à récurer les latrines, coiffés d'un chapeau de paille. Les gens ne travaillent plus, ils errent de réunion en meeting au son des gongs, dans le concert de joutes orales que se livrent par haut-parleurs les différentes factions. Les comités de quartier, souvent tenus par d'anciens serfs, veillent à ce que chacun participe à cette clameur de slogans, jusqu'au fond de la nuit. On s'épuise à réciter, hurler et répéter du Mao à longueur de journée.

Le fanatisme s'empare des hauts plateaux comme il a déferlé sur les plaines. L'un des mots d'ordre de la Révolution culturelle concerne les « quatre vieilleries » et particulièrement le bouddhisme. Il s'agit d'annihiler l'ancien monde. La langue tibétaine écrite est interdite. Les familles sont priées de détruire leurs autels et statues puis de céder leurs parures et bijoux à des tarifs dérisoires. Par conviction ou peur des perquisitions, les gens s'exécutent. Ils renient leur foi millénaire, troquent leurs tangkas contre des portraits de Mao, et si les *oboo* ont été remplacés par des panneaux de citations du Grand Timonier, les nomades honorent désormais ces derniers. Plus tard, ce même peuple reprendra ses moulins de prière en se réveillant d'un mauvais rêve.

Le célèbre temple du Jokhang a été mis à sac, transformé en porcherie. Les statues gisent brisées, les pages des livres sacrés jonchent le sol. On arrache l'or des toits, on joue au football avec les têtes des divinités. L'homme nouveau est censé naître des décombres du passé. Seules quelques rares œuvres survivront, dissimulées par certains, mais de nombreux Tibétains prêtent main-forte au saccage, convertis au profane. Près de six mille monastères seront rasés et la destruction du Potala lui-même ne sera empêchée que sur ordre du Premier ministre Zhou Enlai à l'armée.

On a surtout des nouvelles de Liu Lianman durant cette période trouble. En 1967, nous dit-il, des membres de l'équipe d'alpinisme requièrent dans une lettre au gouvernement central l'autorisation de prendre part à la Révolution culturelle. Sans doute rongent-ils leur frein à Lanzhou. Ils ne demandent qu'à contribuer à cet acmé de la lutte, ce stade suprême du socialisme. Pékin les autorise finalement à regagner Lhassa. S'ils doivent mener le combat, ce ne peut être que là-bas. Mais quelle faction rejoindre parmi celles qui se multiplient au Tibet ? Les gardes rouges s'y sont divisés en deux entités majoritaires, les « Rebelles » et l'« Alliance », dans un affrontement globalement binaire. Les deux relèvent du groupe de la Révolution culturelle du comité central tout en divergeant sur le sens de ses directives. L'Alliance soutient ainsi le comité local du Parti quand la faction Rebelle s'en prend aux « empereurs locaux » et aux figures politiques en général. Elle se réfère ce faisant aux déclarations de Mao quant à une « infiltration de la bourgeoisie dans les rouages ».

D'après Liu Lianman, la plupart des alpinistes choisissent une faction dont le nom signifie quelque chose comme « révolution totale ». Obéit-elle aux Rebelles ou à l'Alliance ? À la première sans doute, qui destitue à tout-va et exige d'ouvrir une enquête sur Zhang Guohua, accusé de révisionnisme et autres tares droitières. *A contrario*, l'Alliance estime que le général qui a « libéré » le Tibet ne peut être considéré comme un traître ! La proximité de l'équipe nationale avec l'armée plaiderait pour un engagement de ce bord-là, mais ce qu'il adviendra bientôt de Liu Lianman, Xu Jing et des autres a fini par me convaincre qu'ils militaient peut-être chez les plus acharnés. Les deux factions laissent des dizaines de morts sur le carreau en s'affrontant à l'occasion. Idéologiquement pourtant, elles se valent, se réclamant également de Mao et de ses citations. Les différences confinent au néant. Ce n'est qu'une fièvre.

Les hauts gradés et les autorités soutiennent l'Alliance en lui fournissant des armes en sous-main. Les Rebelles perdent en influence à Lhassa tout en sévissant dans la profondeur des hauts plateaux. Après quelque temps, Liu Lianman reçoit un télégramme l'informant que sa femme est gravement malade. Il obtient de pouvoir rentrer chez lui à travers une Chine au bord de la guerre civile. À Chengdu, il est pris dans des combats qu'il raconte. Une mitrailleuse manque de le toucher tandis qu'elle fauche des passagers autour de lui. La chute du prestigieux maréchal He Long a créé des remous dans les rangs des régiments. La soldatesque en découd sporadiquement avec les groupes « rebelles-révolutionnaires » qui ont essaimé dans tout le pays. Les trains sont bloqués partout par des escarmouches. Liu Lianman met près de six jours pour rallier Pékin.

Parvenu à Harbin, il ramène sa femme à la capitale, où il est enrôlé dans la même faction. On lui octroie un logement équipé de deux lits et d'une cuisinière, dont quelque innocente victime des gardes rouges a probablement été spoliée. Vient le jour de la fête nationale et le voilà qui représente l'équipe nationale d'alpinisme sur la place Tiananmen. « J'ai fait tout ce qui était en mon pouvoir pour rembourser ma formation et les soins du Parti à mon égard », déclare-t-il. Mao est là, adulé par la foule.

Que deviennent les autres durant ces années troubles ? La Révolution culturelle est un trou noir dans leurs biographies. Ils scandent sans doute des slogans avec les masses. Ils sont affectés à d'autres tâches que la vaine ascension des cimes. Personne ne grimpe plus de montagnes et Wang Fuzhuou qui était devenu le leader de l'alpinisme chinois est peut-être enseignant, quelque part dans une école. Qu Yinhua est-il toujours au Xinjiang ? Gonpo, lui, a rencontré une Tibétaine du nom de Baima. Elle officie à l'hôpital militaire de Nyingchi et ils s'unissent en 1968, en plein vent de folie.

Au Tibet, d'obscures insurrections éclatent sporadiquement, sévèrement réprimées. Des exécutions ont lieu en place publique, après des séances de lutte où les « contre-révolutionnaires » sont promenés, une pancarte au cou, affublés d'attributs ridicules. Les gardes rouges s'attaquent aux monastères et il y a ces archives insoutenables montrant des lamas menottés, traînés sous les huées de moines le poing levé. Beaucoup seront déportés dans un laogai construit au Qinghai alors que ceux qui prennent la fuite vers l'Inde sont abattus si aperçus. Pourtant le groupe des Rebelles lui-même est bientôt maté par l'armée, qui tire sans sommation. Les soldats prennent d'assaut le temple du Jokhang, devenu le quartier général et la station radio de cette faction. La bataille se solde par une dizaine de victimes, sans compter les estropiés. Dans la foulée, le général Zhang Guohua est rappelé par Pékin.

Au congrès du Parti de 1969, la Chine entre dans la seconde phase de la Révolution culturelle. La pensée de Mao est proclamée fondement théorique du Parti sur fond de luttes intestines au politburo. Liu Shaoqi, qui avait dénoncé le Grand Bond en avant et pris la présidence de la République populaire, s'éteint en prison. Il a été arrêté par les gardes rouges deux ans auparavant et soumis à des séances de lutte sans relâche. Le camp du Premier ministre Zhou Enlai s'oppose, lui, au clan de Jiang Qing, la femme de Mao, mais c'est finalement Lin Biao qui est désigné comme successeur du Grand Timonier... Voilà pour les affaires intérieures. Car, aux frontières, la discorde avec l'URSS « sociale-impérialiste » s'est muée en des affrontements meurtriers sur la rivière Oussouri, pendant qu'en Himalaya de nouveaux heurts ont eu lieu avec l'Inde. Cette Chine en pleine anarchie est fâchée avec tous ses grands voisins.

Liu Lianman raconte encore : « Lorsque les comités révolutionnaires ont été mis en place, en 1969, j'ai renvoyé ma famille à Harbin et suis retourné à Lhassa. » On lui propose de rejoindre la direction de celui de la région autonome du Tibet mais il refuse car, dit-il, « ce n'était pas mon truc ». Ces comités sont à la botte de l'armée afin de rétablir l'ordre. Le Parti a confié aux militaires l'administration des universités, de l'appareil industriel et même du *Quotidien du peuple*. Il s'agit de mettre un terme au chaos créé par les factions et de relancer la production. Les gardes rouges sont mis au pas, relégués dans les campagnes pour y trimer quelques années et calmer leur ardeur. Tout le lycée de Lhassa y a droit. Ce mouvement fanatique qui avait fait de Mao un dieu vivant s'éteindra sans abjurer, dans l'indigence paysanne.

Plus tard, continue Liu Lianman, l'équipe d'alpinisme est transférée dans la préfecture de Nyingchi pour une sibylline « classe d'étude ». En 1970, tous les cadres et employés de la région autonome du Tibet sont en effet contraints d'« approfondir la pensée de Mao ». Appelées *xuexi ban* en chinois, ces « classes d'étude » ont notamment été conçues pour rééduquer les gardes rouges et autres « rebelles ». Liu Lianman et les siens sont internés dans une école ou quelque bâtiment réquisitionné, car les maisons d'arrêt n'y suffisent plus. Les maoïstes rechignent à employer les mots de « prison » ou de « camp », mais trois années durant ils y demeurent cloîtrés pour un programme ascétique et implacable. Leur quotidien carcéral est fait de « tâches productives », mauvais traitements et, le soir, de réforme idéologique.

Rectifier son jugement, reconnaître ses torts, ressasser la théorie de la dictature du prolétariat… Les prisonniers récitent les pensées du président sans discontinuer, tel un mantra bouddhiste. D'après Liu Lianman, la « classe d'étude » n'a d'autre but que de « critiquer et nettoyer les rangs ». On y subit ce qu'on a infligé à d'autres auparavant. Les anciens chefs des factions rebelles sont particulièrement soignés. Certains sont mis à l'isolement, battus à mort ou fusillés arbitrairement. « Ceux qui avaient commis des crimes furent tués », résume prosaïquement Liu Lianman qui ne regrette quant à lui que le décès de sa mère et de son oncle pendant ce temps. Il n'a bien sûr pas pu se rendre à leurs obsèques.

J'ignore qui partage avec Liu Lianman cette énigmatique « classe d'étude ». Wang Fuzhuou ou Gonpo, par exemple ? Le lavage de cerveau était général et Liu Lianman suggère que, d'une manière ou d'une autre, tous ses compagnons de cordée sont endoctrinés. La Chine est devenue une « vaste salle de classe », selon l'expression du sinologue Jean-Luc Domenach. L'internement revêt plusieurs réalités et appellations : laogai, laojiao, maison d'arrêt, prison-usine, classe d'étude, etc. Elles usent cependant toutes des mêmes ingrédients, à savoir une réforme de l'individu associée au travail forcé, aux brimades voire aux pires sévices.

J'ai cherché à joindre les familles, pour glaner quelques confidences. On m'a opposé le Covid, sous le prétexte duquel s'était refermée la Chine. Il s'agissait aussi d'obtenir un agrément des autorités en préalable à toute question. Pas certain au demeurant que les générations actuelles aient beaucoup de détails sur cette part de destin de leurs pères. Si des millions ont subi les arrestations arbitraires et l'esclavage, une poignée seulement s'en est ouverte. L'univers concentrationnaire maoïste reste peu documenté, entre prudence légitime et allégeance patriotique. Les Chinois ne différencient pas le pays du Parti. Partout règne la discrétion jusqu'au mutisme, qu'elle soit défiance de l'étranger, volonté de préserver l'honneur national ou honte la plus intime. La seule chose qu'a confiée Xu Jing avant de mourir, c'est qu'il avait été déporté dans un « camp de travail ».

Rééduquer l'himalayisme

On lui demande d'abord de se dévêtir. Les gardiens lui confisquent ses effets, son argent, avant de lui rendre ses vêtements. Quelqu'un – ils sont presque illettrés – consigne le tout dans un registre. La plupart des témoignages rapportent que ces prolétaires mués en kapos sont étonnamment honnêtes, aussi intègres que fanatiques. On lui attribue ensuite un matricule et il ne répondra désormais plus qu'à ce numéro. Une manière éculée de déshumaniser.

L'instant d'après, quelqu'un aveugle Xu Jing d'un flash. Où est ce face-profil de nos jours ? Au tréfonds d'archives que le régime tient closes ? Détruites ? Perdues ? On lui fait lire le règlement affiché sur un mur. Il paraphe quelque chose de ses empreintes et se laisse aiguiller par les corridors. Au-delà il est difficile de savoir. Est-il seul ? Partage-t-il sa cellule avec d'autres détenus ? La pièce est blanchie à la chaux, avec une petite fenêtre à barreaux. Pour appeler le gardien, il faut crier : « Rapport ! » On peut demander du papier hygiénique à condition de tout rembourser au gouvernement populaire plus tard, « le même nombre de feuilles ». Et dans l'hypothèse d'une exécution, sa famille devra rembourser la balle qui lui aura brûlé la cervelle.

En guise de lecture, les prisonniers n'ont guère à leur disposition qu'*Œuvres choisies* et *Les Plus Hautes Instructions*, autrement connu sous le titre de *Petit Livre rouge.* L'essentiel de la rééducation réside dans l'approfondissement quotidien de la bibliographie du Grand Timonier ou dans l'inlassable décryptage du *Quotidien du peuple.* Xu Jing doit rectifier sa manière de penser mais aussi confesser ses crimes. S'il s'obstine à les nier, les interrogatoires ne manqueront pas de faire toute la lumière. Les séances d'étude qui rythment les journées sont l'antidote à ses jugements erronés.

Les baguettes en bambou sont fournies. Le repas consiste en une soupe de riz dans laquelle nagent quelques légumes. L'eau est versée par un arrosoir entre les barreaux. Ceux qui s'en chargent purgent parfois eux-mêmes une peine de réforme par le travail et il n'est pas dit que Xu Jing ne soit pas de ce côté-là. On n'a guère de détails sur son destin carcéral ni son arrestation. Rien n'est certain mais tout est probable et je suppute ici plus qu'ailleurs. Les derniers gardes rouges sont-ils venus fouiller son logement ? Ses exploits himalayens n'impressionnent guère la jeunesse survoltée. Dans un maigre témoignage, il dira que ses photographies furent intégralement détruites durant cette période et révélera avoir été « torturé ». La cruauté la plus en vogue alors est celle dite de « l'avion ». La victime aux bras liés, un écriteau mentionnant son délit autour du cou, est contrainte de rester des heures les bras tendus en arrière et la tête relevée, sous les harangues et les coups. « À bas l'élément contre-révolutionnaire ! Il refuse d'accepter la réforme ! » Pour le reste, il y a les passages à tabac, la privation de sommeil, les fers, etc.

Chaque soir, Xu Jing s'allonge sur une planche. Il faut dormir la tête vers le judas, ce sont les consignes. Au plafond la lampe ne s'éteint probablement qu'à l'aube. Un vent glacial s'engouffre dans les interstices. Voilà pour la routine des premières semaines. Celles où le détenu doit concocter ses aveux. Personne ne doute que sa présence ne soit la conséquence de graves erreurs. Le Parti ne peut se tromper, au point que Xu Jing commence peut-être à douter de sa propre intégrité. Il lui faut rompre avec son passé criminel.

À quoi ressemblent les interrogatoires qu'il subit enfin ? Le décor est sobre. Une inscription précise les règles : « Traitement clément à ceux qui avouent avec franchise. Punition sévère à ceux qui s'obstinent. Récompenses à ceux qui rendent des services méritoires. » Autrement dit, à ceux qui dénoncent leurs camarades. Xu Jing entre dans une salle ornée d'un portrait du Grand Timonier. « Vive la dictature du prolétariat » et autres sempiternelles formules s'étalent en blanc sur des calicots rouges.

L'instructeur et quelque chose comme un assesseur siègent derrière une table. Ils ont l'air d'un étudiant et d'un ouvrier, sont vêtus d'un uniforme de coton bleu délavé et s'affirment « armés de la pensée de Mao ».

« Inclinez-vous devant notre grand dirigeant le président Mao et implorez le pardon pour vos crimes ! »

Si Xu Jing n'obtempère pas, quelqu'un le saisit fermement par la nuque pour le forcer à s'agenouiller. On lui fait lire à voix haute les vérités du Grand Timonier : « Après l'anéantissement des ennemis armés, il y aura encore des ennemis non armés. Nous ne devons jamais les sous-estimer. » Voilà tout le code pénal en vigueur alors à travers la Chine ! Les pensées de Mao régissent la société et les juges improvisés les citent à tour de bras tout en les interprétant à leur guise. Ça ira pour cette fois. Il peut retourner dans sa cellule, mais avec des devoirs. On lui ordonne de rédiger son autobiographie sur papier libre, de fouiller les recoins de sa mémoire. Il lui faut cerner ses erreurs passées, purifier son esprit afin de renaître en homme nouveau. La sincérité, comme on le lui a répété cent fois, est la seule issue. Le soir, les haut-parleurs diffusent les éditoriaux du *Quotidien du peuple* et les dernières directives de Mao. Ils annoncent aussi dans les couloirs ne résonnant que du pas des matons la liste lugubre des condamnations.

Le gardien fournit à Xu Jing de l'encre. L'instructeur a ordonné de ne rien omettre, de respecter scrupuleusement la chronologie, à commencer par ses racines familiales. Les origines sont l'obsession des régimes communistes. Il n'a pas le droit au brouillon et le tout sera confronté aux éléments dont l'instructeur a connaissance. Xu Jing se remémore son enfance. De quelles pièces à charge ces gens-là peuvent-ils bien disposer à son encontre ? Il se met à détailler la quarantaine d'années de son existence. Certains détenus ont rapporté avoir rédigé jusqu'à des centaines de pages, mais pour tous l'entrée en matière était immuable : *L'instructeur et les gardiens ont eu la bonté de me rééduquer afin de m'aider à élever ma conscience socialiste. Peu à peu, j'ai compris la gravité des crimes que j'avais commis contre le Parti. Je vais avouer et rompre franchement avec mon passé…*

Retour dans la « salle d'interrogatoire de la dictature du prolétariat ». Dans un cadre rouge, cette citation qui frappe les esprits : « Ils n'ont que le droit d'être dociles et obéissants. » L'instructeur reproche immédiatement à Xu Jing une autobiographie insincère. Il s'entête dans sa mauvaise attitude, il a volontairement omis des aveux. « Lesquels ? » C'est à lui de les formuler. On l'encourage à s'imputer des crimes imaginaires. On lui fait réciter en boucle, debout et pendant des heures, des œuvres de Mao. « Allez-vous céder ? » L'instructeur furieux finit par l'accuser d'avoir servi les visées de la clique de He Long ou d'être de ceux qui « brandissent le drapeau rouge pour s'opposer au drapeau rouge » ! On ne saura jamais de quels griefs Xu Jing fit l'objet. La seule chose que l'on sache, c'est ce qu'il a lui-même confié : l'alpinisme était soudain devenu contre-révolutionnaire. Quelque chose comme une dégénérescence réactionnaire.

Quelles raisons à cela ? L'alpinisme est-il une idée occidentale et bourgeoise ? L'un des pires crimes aux yeux des maoïstes était d'avoir eu des contacts avec des étrangers. Xu Jing est-il coupable d'avoir grimpé avec les « révisionnistes soviétiques » ? Il rétorque que tous les ordres venaient d'en haut mais on lui hurle de se taire. Comment peut-il oser ! L'instructeur a des preuves ! Et ce dernier d'agiter sous son nez des dossiers que Xu Jing ne pourra jamais consulter. On lui laisse entendre que des proches, des camarades de cordée, son épouse même, se sont épanchés à son sujet.

Combien de temps tout cela dure-t-il ? Cela dépend des qualités dialectiques de Xu Jing, s'il joue avec l'ambiguïté des citations maoïstes, s'il tient tête à ses détracteurs. Xu Jing ne devait pas s'aveugler d'illusions. Il savait à quoi s'en tenir quant au « poing d'acier de la dictature du prolétariat ». Il était membre du Parti depuis quinze années.

Xu Jing est peut-être menotté jusqu'à ce que ses poignets ne soient plus qu'une plaie. On n'appelle pas cela de la torture mais de la « persuasion ». Il n'aura d'autre choix que d'endosser les accusations qu'on lui a criées au visage, avant son transfert dans un laogai. Aussi bien y est-il déjà sans autre forme de procès. Le redressement par le travail se passe à l'occasion de formalités judiciaires. Il se déploie sur un archipel de camps où croupissent plus de prisonniers que sous n'importe quel autre régime, URSS comprise. On y travaille aux champs, on y trime à la mine, on creuse des canaux jusqu'à dix-huit heures par jour et les rations congrues sont conditionnées aux ambitieux objectifs de production.

Où Xu Jing fut-il affecté ? *A priori* à la campagne plutôt que dans une prison-usine, dans une de ces fermes où les cohortes de déportés repiquaient du riz avant de semer du blé. L'a-t-on déporté vers les plaines étouffantes, les neiges de Mandchourie ?

On pourrait deviser des heures, d'autres ont raconté pour lui et tout ce que l'on a appris de première main, c'est ce qu'il a déclaré peu de temps avant sa mort. À savoir qu'il avait passé deux années dans un camp de travail où il effectuait des tâches avilissantes. Il ramassait notamment des déjections humaines pour produire de l'engrais. Cela après avoir foulé les neiges himalayennes, l'immaculé. Cet homme qui avait tutoyé le ciel sur certains des plus hauts sommets ! Quel destin, de sa morne campagne aux vertiges des parois, en passant par la révolution et l'URSS. Et après la pureté des glaces, la merde des hommes, la fange, les loques, les poux, les coups. Tout cela au nom de Mao, lui qui en avait porté le buste à l'Everest.

Voilà ce qu'il advint des « alpinistes de Mao ». À la différence de dizaines de milliers de Tibétains, eux au moins survécurent. On ne connaît pas l'année qui vit Xu Jing libéré. On ignore tout de son retour chez lui. On sait seulement que Liu Lianman sort de sa « classe d'étude » en 1972 avec ordre de s'en retourner à Harbin, loin des cimes. Redevenu pompier dans son usine, il rapporte qu'en vertu de la

Révolution culturelle, interdiction est désormais faite de s'adonner à la culture physique. Il s'occupe dès lors d'une sorte de milice urbaine qui mène des rondes, sans qu'on en comprenne les prérogatives, et ne tarde de toute manière pas à être dégradé.

Vers le nouvel an en effet, sa femme est de nouveau hospitalisée. Liu Lianman n'a pas les moyens de payer pour les soins et abat un porcelet qu'il vend deux cents yuans au marché. Las ! Un camarade zélé le dénonce comme « capitaliste » et « spéculateur ». La simple plantation d'un potager dans sa courette est alors considérée comme une « initiative individualiste ». Liu Lianman est assurément un mauvais communiste. La direction de l'usine ouvre une enquête à son sujet. De son propre aveu, il sera assidûment critiqué, cinq années durant, jusqu'à l'issue d'une Révolution culturelle qui n'en finit plus. Il échappera cependant à une seconde rééducation, tenant même tête au directeur de l'usine et exigeant des excuses pour ce traitement.

Mais d'alpinisme, il ne sera plus question. Aucun télégramme ne le rappelle plus au Tibet. Je crois que Xu Jing non plus n'y retournera jamais.

Everest rouge

Durant les rééducations de Xu Jing et Liu Lianman, aucune ascension ne semble avoir été menée. En 1969, trois géomètres chinois ont prétendu avoir atteint le sommet du Qomolangma sans logistique ni oxygène, à l'aide de la seule étude approfondie de Mao. Je n'ai guère retrouvé qu'un cliché daté de 1968 montrant deux techniciens effectuer des visées devant un sommet qui pourrait être l'Everest. L'Académie des sciences mène dans ces années une expédition multidisciplinaire qui n'oublie pas la propagande. Des Han aident les paysans tibétains à battre l'orge dans une harmonie ethnique où les premiers sont colons et les seconds de reconnaissants autochtones.

Au début des années 1970, la bataille de succession fait rage. Mao est malade dans son pavillon de Zhongnanhai. Sa femme s'acharne sur Zhou Enlai à coups de « troisième génération de révisionniste » et autres invectives socialistes. Lin Biao, l'héritier désigné du Grand Timonier, est finalement éliminé. On fait arracher dans la foulée la préface de tous les Petits Livres rouges du pays, qu'il avait signée de sa main. Puis c'est l'étonnante visite de Nixon à Pékin alors même que les États-Unis y sont conspués au quotidien. Qu'à cela ne tienne ! Les journaux tournent le sommet diplomatique en triomphe sur un ennemi qui aurait renié sa politique erronée. Le grand dirigeant est magnanime. La rhétorique s'accommode des incohérences. Les vertus deviennent des vices et réciproquement.

Les Chinois accueillent chaque information avec prudence, mesurant leur parole sous l'œil suspicieux des comités de quartier. L'alpinisme revient en grâce avec le reste et l'on tente de rassembler les hommes doués de quelques compétences. En 1973, Deng Xiaoping, qui a lui-même subi séances de lutte et rééducation à la campagne en tant que capitaliste infiltré, est rappelé au gouvernement. Il en sera de nouveau chassé mais pas avant d'avoir restauré l'équipe chinoise d'alpinisme. Et quand on parle de montagne chez les maoïstes, c'est inévitablement que l'Everest est à nouveau dans la ligne de mire. Une énième expédition est d'ores et déjà prévue pour 1976. Mais avec qui ?

Ceux de 1960 ne sont plus opérationnels. Avec ses dix orteils amputés, Qu Yinhua a depuis longtemps oublié ce que sont la marche et l'escalade. Xu Jing est éprouvé par sa détention et a probablement été exclu du Parti. Quant à Liu Lianman, il œuvre dans son usine de moteurs électriques de Harbin, redevenu simple ouvrier. Lui et Xu Jing comptent désormais près de cinquante printemps. Les lubies de Mao ont fait perdre une décennie au pays et à l'himalayisme. Ils sont trop vieux, oubliés et en disgrâce. Je me suis perdu en conjectures au sujet de leurs prétendues « fautes », alors que je n'ai pu lire à leur sujet ou de leur plume que d'interminables louanges maoïstes. Ils n'auront guère connu que des carrières brèves, à l'élan brisé par la résistance tibétaine et la Révolution culturelle, noyées dans la masse et corrélées à une unique mission ou presque : l'Everest.

J'ai néanmoins eu la surprise de trouver des noms familiers dans cette nouvelle croisade. À commencer par Wang Fuzhuou auquel la Révolution culturelle a visiblement souri. Qu'il soit ou non passé par une de ces « classes d'étude », le voilà nommé secrétaire du comité du Parti de l'expédition. De quoi recracher le contenu de ses leçons. Habile communiste que ce Wang Fuzhuou. J'ai repensé à lui en dévorant les mémoires du dissident Harry Wu, déporté pas moins de dix-neuf années dans les pires laogais et formé, lui aussi, à l'Institut de géologie de Pékin. Ces deux-là fréquentaient l'établissement dans les mêmes années et l'un avait plongé dans l'enfer des camps quand l'autre s'était hissé sur les sommets tout en se faufilant par les arcanes du Parti. J'ignore s'ils se connurent durant leurs études. Harry Wu se vante d'avoir été brillant élève et mauvais maoïste. Wang Fuzhuou, lui, capitalisa sur ses origines, mettant autant de zèle à l'étude du *Petit Livre rouge* qu'aux sciences de la Terre.

Gonpo qui rêvait de nouveaux sommets s'est gravement blessé à la jambe en jouant au basket-ball. Ce sport américain dont est aussi passionné Liu Lianman semble populaire dans la Chine maoïste. Gonpo a été nommé directeur adjoint à la culture physique en région autonome du Tibet et fera partie de l'encadrement avec un autre revenant : Shi Zhanchun. Lui non plus ne semble pas trop avoir été affecté par la terrible décennie. Une photo le montre, fidèle à lui-même, le visage vieilli mais aisément reconnaissable, les mêmes traits que vingt ans plus tôt, aux balbutiements de l'himalayisme chinois.

Pour une raison supérieure, l'expédition est avancée d'une année. Dès mars 1975, les hommes – et les femmes ! – s'élancent solennellement de Lhassa, devant un Potala miraculeusement épargné par la Révolution culturelle. Le

Jokhang, lui, est en reconstruction. Des danses tibétaines saluent l'équipe composée de « toutes les ethnies » et des autocars emportent les futurs héros – qui en doute ? – « pleins d'ardeur ». La colonne de véhicules s'élance vers le camp de base. Les habitants agitent des drapeaux rouges le long de la piste tandis que « les cœurs bouillonnants s'envolent vers le sommet ».

Cette prose enflammée est celle d'un film intitulé sans ambages *Everest rouge*, relatant cette nouvelle ascension. Je me suis infligé cette œuvre sans concession dont la narration fait alterner voix féminine et masculine sur un ton exalté : « Everest, tu incarnes la grande amitié entre le Népal et la Chine, une amitié éternelle comme la verdure des pins, flamboyante comme le vermeil des fleurs. » À en croire le duo de commentateurs, les vaillants grimpeurs « ne sont animés que par la conquête et le progrès ». D'ailleurs, « les abondantes ressources de la région contribueront grandement à l'édification du socialisme ». L'Himalaya est un château d'eau colossal dans une Asie populeuse et en plein boom. Sa maîtrise est un enjeu crucial.

Les près de cent cinquante alpinistes dont une quarantaine de femmes s'exercent comme en 1960 en rangs militaires sur fond de face nord. Des scènes très esthétiques diffusées à la nation et ses huit cents millions d'âmes.

Gonpo, Wang Fuzhuou et Shi Zhanchun sont de retour à Rongbuk où ils ont mis les pieds en pionniers plus de quinze années auparavant. Le Qomolangma domine le paysage de l'aube au couchant. *Le Quotidien du peuple*, qui a le sens de la poésie, le décrit tel « un temple de jade voguant dans les airs ». Nos trois camarades ont tout loisir de toiser la cime immense sur laquelle ils ont porté le buste de Mao. Se sentent-ils oppressés par un sentiment d'imposture ? J'ignore si leur exploit a pu être remis en cause durant la Révolution culturelle mais l'expédition de 1975 semble avoir pour objectif principal de dissiper les doutes.

À quoi ressemble désormais le monastère de Rongbuk où Xu Jing, Liu Lianman, Wang Fuzhuou et les Soviétiques avaient passé leur première nuit en 1958 ? Si les récits d'expédition n'en font aucune mention, on sait que les derniers moines ont été massacrés, emprisonnés, défroqués comme partout sur le toit du monde. Quelques survivants auraient passé les hauts cols vers le Népal. Les spasmes séculiers ont rattrapé l'éternité des lieux. L'expédition de 1975 se déroule dans un Tibet ruiné par la lutte contre les « quatre vieilleries ». Quant aux derniers rebelles khampas et autres fiers cavaliers, ils ont abandonné la guérilla, vaincus. Le soutien américain à la résistance a cessé depuis que Nixon a serré la main de Mao.

Au camp de base règnent l'ordre et l'abondance. Un ballet de camions ravitaille ce petit monde. C'est, écrira le célèbre alpiniste Reinhold Messner, « la plus grande expédition de tous les temps », une expédition de masse pour la plus grande fierté communiste. L'ambiance est, comme de coutume, martiale : la gymnastique collective se fait sous des haut-parleurs déversant leur catéchisme. On joue au volley sur un terrain dédié et des dazibaos louent la Grande Révolution culturelle prolétarienne sous le regard d'un Mao en portrait qui commande aux opérations. Ce n'est pas le chef d'expédition qui planifie l'assaut sur l'Everest mais bien le Parti. Le soir, un ensemble tibétain danse à 5000 mètres d'altitude, dans le théâtre écru des glaciers.

Les soldats ont installé le téléphone jusqu'au camp de base avancé et les ordres fusent. Le col nord, qualifié de « muraille d'argent et de jade », a été équipé de cordes fixes. Les montées d'acclimatation se succèdent jusqu'à la mi-avril, selon le même schéma qu'en 1960 : sept camps d'altitude. Cette fois cependant, des échelles sont couchées sur les crevasses trop béantes. Les équipes de porteurs et d'alpinistes évoluent lentement en file indienne, « ressemblant par leur nombre à un flot déferlant » ! *Everest rouge* ne filme jamais moins de quarante personnes à la fois, chacune infailliblement souriante.

La politique aussi prend de l'altitude. Des membres du comité du Parti se rendent au camp de base avancé, à 6400 mètres. Wang Fuzhuou, qui n'a plus vingt ans, se hisse même jusqu'au col nord afin de mener la lutte idéologique et galvaniser la relève ! Il aide ses camarades à combattre le révisionnisme dans l'air raréfié, à 7000 mètres. Il dispense la théorie de la dictature du prolétariat par des températures abominables. Il est le héros revenant guider la jeunesse vers le sommet du Qomolangma. Rarement dans l'histoire de la montagne récit d'expédition aura été aussi délirant. Les photos mettent en scène des alpinistes studieux écoutant religieusement la lecture du *Petit Livre rouge*. On se demande bien ce qu'il reste à « étudier ». Toute la Chine connaît par cœur ce recueil de citations, véritable viatique de survie à la Révolution culturelle.

Puis c'est le grand départ. Le 24 avril, en rangs d'oignons, bras à l'équerre et poing levé, « les soldats partant au front montrent leur résolution » ! Ils crient des « Longue vie à Mao ! » et jurent solennellement de réussir, tout comme en 1960. Le comité du Parti leur confie le drapeau rouge étoilé ainsi qu'une balise à fixer sur la cime. Des gongs accompagnent la file de vingt-quatre alpinistes qui s'ébranle. Ils ont fière allure dans leurs doudounes colorées, s'équilibrant de leurs longs piolets. Certains portent toujours des bonnets soviétiques à rayures blanches. Le pays se gargarise pourtant d'avoir produit lui-même tout son matériel : échelles, sacs à dos, vêtements, duvets. Des ouvriers ont, paraît-il, confectionné tout le nécessaire « durant leur temps libre ».

Cela n'empêche pas les cordées de se retrouver quatre jours plus tard en difficulté vers 7 450 mètres. Des bourrasques balaient l'arête et il faut se replier sur le camp 2 avant de reprendre l'assaut, le 1er mai. Sous un vent toujours aussi puissant, ils progressent « à quatre pattes » jusqu'au camp 5. Les tentes à piquets ploient jusqu'à l'accalmie. Puis le 4 mai, un certain Wu Zongyue se désencorde pour prendre du champ et une photographie. Pékin veut cette fois des images irréfutables, mais l'homme n'arrivera jamais au camp 7. Ses camarades qui l'attendaient en vain ne retrouveront que son sac, son piolet, une bouteille d'oxygène et l'appareil, vers 8 500 mètres. Son corps fut localisé trois semaines plus tard quatre cents mètres plus bas, où il demeura de nombreuses années. Un drame que tait *Everest rouge*. La propagande ne connaît pas de victimes.

Les « fougueux coursiers » – comprendre : les rafales de vent – sont de force 10. L'équipe a beau être un « mur d'airain », elle se replie sur un camp 6 à bout de vivres. On y réalise néanmoins, à 8 200 mètres, des électrocardiogrammes transmis en direct au camp de base. L'himalayisme doit servir la science autant que la (géo)politique. « Méprisant la fatigue, ils collectent des échantillons », poursuit le commentaire qui s'abstient de mentionner les fantômes de l'Everest. Une vieille bouteille d'oxygène est retrouvée près du camp 5 à 7 600 mètres. Et vers 8 100 mètres, c'est le cadavre momifié d'un « vieil Anglais mort »...

Cette découverte ne sera révélée que quatre ans plus tard à un alpiniste japonais par un certain Wang Hongbao. L'homme décrira des vêtements lacérés avant de périr lui-même, quelques jours plus tard, dans une avalanche. Un de ces hasards qui confèrent toute leur force à ce genre d'anecdote. Xu Jing lui-même confirmera la trouvaille, bien qu'il ne participât pas à l'expédition et preuve que l'information circula dans le petit milieu chinois de la montagne. S'agissait-il de l'« Anglais à bretelles », déjà vu en 1960 ? Certains évoquent une confusion avec le corps du photographe qui venait de trépasser mais cela semble peu probable. Il s'agissait plus sûrement de Mallory ou d'Irvine...

Plus que jamais, la Chine maoïste doit faire l'histoire de cette voie septentrionale. Le 8 mai, neuf grimpeurs remontent au camp 7 dans cette ferme intention mais deux d'entre eux, dont une femme, s'y trouvent aussitôt en proie au mal des montagnes. Il faut les aider à battre en retraite. Un troisième s'avère également en souffrance et ils ne sont finalement que deux cordées à s'élancer vers le sommet avant de se perdre dans le second ressaut… Les choses sont assez confuses. D'autres semblent échouer à leur tour le 13 mai et tout ce beau monde – une soixantaine de personnes ! – se replie piteusement sur le camp de base. La moitié souffre d'engelures à divers degrés. L'échec est général. La pensée de Mao fait des œdèmes avec l'altitude.

Le comité central fait alors livrer cinq tonnes de fruits et légumes frais depuis Pékin par avion spécial, via le nouvel aérodrome de Shigatse. C'est le Parti et le peuple qui encouragent leurs vaillants himalayistes ! Les membres de l'expédition se régénèrent en mangeant carottes et épinards. Il règne une « atmosphère de combat fébrile et ardente », s'enflamme *Le Quotidien du peuple*, qui ajoute que les demandes d'admission au Parti « volaient tels des flocons de neige ». Et encore : « Les alpinistes, les fruits à la main, se tournèrent vers Pékin, le cœur bouleversé… » La bonté du Parti n'était-elle pas profonde comme la mer ?

Il ne s'agit là que de morceaux choisis, la verve maoïste étant aussi inépuisable que la « bonté du Parti ». Des propos déroutants pour l'Occidental, au défi de faire le tri entre fanatisme avéré et lyrisme idéologique. Dans *Everest rouge*, on voit surtout une certaine Phando déguster goulûment sa pomme au milieu des cagettes et des corbeilles. Elle est l'une des trente-six ouvrières, soldates, étudiantes de l'Institut de géologie de Pékin ou de Chengdu mises en avant cette année-là. 1975 a été décrétée Année internationale de la femme par l'ONU. Fini la Chinoise aux pieds bandés, le communisme prône l'émancipation jusqu'à l'héroïsme.

La majorité sont des Han mais Phando et trois autres sont tibétaines. Sa biographie officielle ressemble en tout point à celle de Gonpo. Enfance misérable, père décédé très tôt. À six ans, Phando allait « pieds nus et en haillons aux pâturages, gardant les troupeaux du maître, ne recevant guère qu'une portion d'orge par jour et dormant la nuit avec les bêtes ». Elle tissait et filait des étoffes de laine. Des versions affirment qu'elle a ensuite mendié avec sa mère sur la route de Shigatse avant qu'elles soient embauchées comme colporteuses sur le versant sud de l'Himalaya, entre averses subtropicales et rigueurs hivernales. Orpheline à la « libération » du Tibet, Phando gagne Lhassa et l'une des premières fermes d'État. Elle y devient une ouvrière agricole pleine de gratitude. « Bouddha prend soin des riches. Seuls le président Mao et le Parti savent ce qu'il y a dans nos cœurs. »

La ferme d'État du 1er juillet, ainsi baptisée en commémoration de la fondation du Parti, est un vivier d'himalayistes. Phando y a été recrutée par Xu Jing en personne dès 1959. Elle s'était portée volontaire, imaginant « guider l'armée dans la lutte contre les bandits [la résistance] », dira-t-elle. Mais elle passe bientôt des tests, reçoit un équipement et, après le soulèvement de Lhassa, se hisse au sommet du Mustagh Ata. La même année, elle enchaîne avec le Kongur Tiube voisin, où cinq personnes périssent tandis qu'elle-même est prise dans l'avalanche meurtrière. Elle s'en tirera avec des engelures et épousera dans la foulée le commissaire politique de l'expédition. Une idylle sino-tibétaine entre un mao et une ancienne serve, un mari presque efféminé et un robuste garçon manqué. La Révolution culturelle durant, Phando a attendu sur les bancs de l'Institut central des nationalités de Pékin le retour en grâce de l'alpinisme. À trente-sept ans et mère de trois enfants, elle est désormais leader du groupe féminin.

L'expédition s'est remise de ses déboires. « La longue marche de 25 000 kilomètres revient à nos mémoires », « nous revoyons le drapeau rouge sur Tiananmen ». Voilà pour l'inspiration. Une nouvelle salve de quinze hommes et trois femmes répartis en trois échelons repart à l'assaut du Qomolangma. Ils sont conduits par un « secrétaire de la cellule du Parti du groupe d'assaut». Rien de plus simple, et le 25 mai, à 8200 mètres, ils se livrent à l'inimaginable : un cérémonial d'entrée au Parti sur l'arête nord-est ! Une alpiniste prête serment sur le *Petit Livre rouge* dans l'air raréfié : « Ô Parti ! Sous ta tutelle, une soldate rejoint tes rangs avec joie. » On considère visiblement que l'altitude n'altère pas le jugement. À leurs pieds, l'Himalaya tout entier, l'horizon, la beauté… « Je désire t'offrir entièrement ma vie et mon sang. Pour servir le communisme je me lancerai à l'assaut, j'irai toujours de l'avant », prononce l'heureuse élue. Entonnent-ils aussi *L'Internationale* en chinois et en tibétain ? Les rapporteurs précisent seulement que « le drapeau du Parti flotte sur la mer de nuages ».

La presse fera fi des tâtonnements de l'expédition. Faisons de même sans s'embarrasser des « échelons » et autres « colonnes ». Les cordées finissent par poser des cordes fixes en nylon pour accéder au passage clé, ce deuxième ressaut que « même les oiseaux ne peuvent franchir ». Merci pour ceux de 1960. On se souvient que Wang Fuzhuou, Liu Lianman, Qu Yinhua et Gonpo s'y étaient officiellement fait la courte échelle, à 8600 mètres d'altitude. Cette fois, personne n'écrase les épaules de ses camarades, aucun ne se sacrifie comme marchepied. L'équipe de 1975 a un plan mûrement réfléchi : une échelle en aluminium de six mètres de haut.

Il faut des heures aux Tibétains qui l'ont portée jusqu'ici pour la fixer à la dalle verticale qui entrave l'arête. C'est ensuite un repli stratégique sur le camp 7, où vient de se hisser Phando.

Le 26 mai, il faut encore laisser passer le mauvais temps et ce n'est que le 27 que s'élancent – après une « réunion élargie de la cellule du Parti » – les vaillants alpinistes « chinois ». Un Han pour huit Tibétains en vérité, dont Phando qui représente les quatre cents millions de femmes du pays, toutes ethnies comprises. Elle peine mais parvient avec ses compagnons jusqu'à l'échelle. En quelques barreaux, le ressaut qui a brisé les rêves de toutes les expéditions précédentes est facilement franchi. Le récit officiel assure que sont retrouvés des pitons et une corde rouge délavée datant de 1960… Puis c'est une pente de neige dure bleutée, sous un vent constant. La pyramide sommitale est gravie à pas comptés. Les hommes de tête taillent, encochent la glace et installent les cordes fixes. La cime est atteinte en début d'après-midi, au-dessus de la « mer de nuages soyeux ».

« Allô ? Les neuf camarades sont-ils en haut ? Si c'est bien le cas, répondez : Oui ! Vive le président Mao ! […] Le grand héroïsme du peuple chinois abat les obstacles. Le faîte du monde en a été ébranlé. » Les ascensionnistes alignés militairement sur la cime s'appellent Darphuncuo,

Sodnam Norbu, Lhoze, Sambdrud, Cering Tobgyal, Phando, Gongga Basang, Xia Bojun ou Ngapo Khyen. Des noms aux consonances tibétaines qui sauvent l'honneur d'une Chine qui les assimile. Ce sont eux que la déesse Qomolangma a laissés monter jusqu'à elle. On ne saura jamais lequel a le premier foulé la cime mais on est cette fois certain de leur ascension. « Le drapeau rouge resplendit au sommet du monde » et devant un appareil photographique qui fonctionne.

En plus de l'emblème national, on installe un tripode en métal rouge de trois mètres de haut. Il doit servir à mesurer par visées l'altitude exacte de l'Everest. Le groupe passe en tout une heure au sommet, sans oxygène, car Phando s'allonge dans un duvet pour un électrocardiogramme. Elle enlève ses gants et se frotte avec un onguent pour améliorer la conductivité. Le thermomètre annonce moins trente degrés. Les résultats sont transmis au camp de base, à vingt kilomètres en ligne droite. Après un premier essai infructueux, Phando se relève, elle rayonne. N'est-elle pas la première femme au pinacle de l'Everest ? Du moins le croit-elle alors. Elle ignore à ce moment-là qu'elle a été devancée par Junko Tabei, onze jours auparavant seulement. Sa déception sera accompagnée de la perte de trois orteils. La Japonaise est montée depuis le Népal.

La radio n'en salue pas moins l'« immense victoire de la ligne prolétarienne du président Mao et les fertiles conquêtes de la grande révolution ». Une évidence. *Renmin Ribao* se fend d'un article invitant à s'inspirer de la pugnacité des alpinistes pour étudier à fond la théorie de la dictature du prolétariat. C'est de nouveau un retour triomphal et théâtral, accueilli par des groupes folkloriques tibétains. Dans un fatras de propagande, *Le Quotidien du peuple* juge le 6 juin qu'« il n'est pas de difficulté qui puisse arrêter la marche victorieuse du peuple chinois, il n'est pas de haut sommet qu'il ne puisse vaincre ». Tout cela était à mettre au crédit de la critique par la Révolution culturelle de Lin Biao ou même de Confucius ! Le philosophe du vieux monde n'avait-il pas prétendu que l'homme était supérieur à la femme ? Phando venait de prouver le contraire. « La femme est la moitié du ciel. »

En Occident, le ton exalté du récit fut à nouveau désapprouvé et des doutes furent émis sur la possibilité de masser neuf personnes sur la cime. À l'automne suivant pourtant, une expédition anglaise menée par l'excellent Doug Scott gravit la terrible face sud-ouest de l'Everest, une voie autrement plus abrupte que celle empruntée par l'expédition chinoise. Au sommet, ils découvrent le tripode de mesure, à côté duquel ils posent pour le *Sunday Times*. La démonstration d'une première ascension maoïste était enfin faite et comme d'usage vis-à-vis du communisme, l'Occident passa du doute à la paranoïa. L'inoffensif trépied déclencha des rumeurs de système d'écoute... La maigre structure ne servit toutefois qu'à mesurer précisément l'altitude du point culminant de la planète. Dix visées par rayons laser permirent aux géomètres chinois de calculer ces fameux 8 848 mètres que nous connaissons depuis. C'était quelques centimètres plus haut que la triangulation précédente des topographes indiens, en 1955.

Reste, au détour des rapports de 1975, un détail que le film *Everest rouge* passe prudemment sous silence. Un point qui n'est abordé que brièvement et dans les ultimes paragraphes : la découverte au coin nord-est de la cime, sous un rocher, du drapeau, de la note manuscrite et du buste de Mao déposés par leurs prédécesseurs en 1960... Aucune photographie n'accompagne cette assertion alors même qu'un appareil fonctionnait cette fois au sommet. En quinze années, aucun *summiter*, et il y en eut un certain nombre côté népalais, n'avait jamais déniché la figurine adulée. À vrai dire, hormis cette mention lapidaire pour coller à la légende officielle, on n'entendit plus jamais parler de la tête en plâtre du Grand Timonier.

Séisme pour le maoïsme

La Révolution culturelle s'achève dans la douleur. La bande des Quatre, composée de membres du politburo s'opposant au moindre « rétablissement du capitalisme », cherche à confisquer le pouvoir. Elle est menée par Jiang Qing, la femme d'un Mao grabataire dont la succession se joue dans les arcanes de Pékin. Celle qu'on appelle désormais « l'impératrice rouge » fait interdire les hommages à Zhou Enlai qui décède en janvier. L'éternel Premier ministre compagnon de Mao n'aura pas même de sépulture, et c'est pour le saluer malgré tout que des milliers de Chinois se rassemblent début avril 1976 sur la place Tiananmen. Dans la nuit du 4 au 5, la répression commence. Elle est sanglante. Deng Xiaoping est opportunément accusé d'avoir organisé ces rassemblements. Il fuit vers le sud du pays sous la protection de régiments.

En juillet, la ville de Tangshan, une cité industrielle d'un million d'habitants, est l'épicentre d'un terrible tremblement de terre. L'un des plus ravageurs qu'ait connus le monde : deux cent cinquante mille morts officiellement et jusqu'à sept cent mille selon d'autres avis, sans compter les innombrables blessés. Tangshan était pleine à craquer d'une paysannerie migrant vers la Chine urbaine. Elle a été construite à la va-vite sur des sols instables, avec des matériaux de mauvaise qualité, conséquence d'une corruption rampante. Deux secousses de magnitude 8,2 sur l'échelle de Richter ont anéanti l'agglomération. Les mineurs de charbon sont pris au piège. Au moins la moitié de la population gît sous les décombres.

La titanesque tragédie de Tangshan est d'abord tue par les autorités. Les quotidiens préfèrent publier les dénonciations de la bande des Quatre. Le nouveau Premier ministre Hua Guofeng ne se rend sur place que pour minorer la catastrophe et refuser l'aide étrangère, lançant un appel aux volontaires civils. C'est là que l'on retrouve Liu Lianman, officiant toujours comme pompier dans son usine. Il part en urgence vers Tangshan depuis sa Mandchourie voisine. L'accès à la cité est compliqué par les infrastructures effondrées. L'armée aussi a été mobilisée, les équipes de secours manquent de moyens. Liu Lianman et ses camarades écument Tangshan à la recherche de survivants tandis que Jiang Qing appelle sur les ondes à ce que le séisme ne détourne pas le peuple de la priorité absolue : dénoncer Deng Xiaoping. Elle aurait même affirmé : « Il y a eu plusieurs centaines de milliers de victimes à Tangshan. Et alors ? Dénoncer Deng Xiaoping concerne huit cents millions de personnes. »

Mao Zedong s'éteint peu après, le 9 septembre 1976, immédiatement embaumé et placé dans un mausolée place Tiananmen. Dans la foulée, la bande des Quatre est arrêtée. Deng Xiaoping accède au pouvoir pour entamer la démaoïsation progressive de la Chine. Son prédécesseur demeurera néanmoins le socle de la République populaire. Il a rendu aux Chinois leur fierté et un territoire impérial. Il s'agit de faire un compromis avec l'Histoire, de le critiquer avec parcimonie, de tourner la page sans le déboulonner. Deng Xiaoping ou Zhou Enlai n'ont-ils pas été mouillés jusqu'au cou à ses côtés ? Mao disait trouver « plus d'avantages que d'inconvénients à Staline ». C'est ainsi que lui-même sera apprécié *post mortem*. On lui passera ses « excès », en faisant de l'euphémisme un art.

Qu'en pensent Liu Lianman, Xu Jing et leurs compatriotes ? Le mot d'ordre affirme désormais que « le passé est le passé ». Tant pis pour le laogai et les « classes d'étude ». La mère patrie prime sur les « erreurs » et l'amertume. D'ailleurs même l'Occident s'applique à un hommage sans trop de discernement. « Un phare de la pensée humaine », dira Giscard d'Estaing semblant citer Mao lui-même. L'épopée du marxisme en Eurasie aura fasciné autant qu'effaré le monde mais avec Deng Xiaoping la Chine entre dans l'économie de marché. Le dirigeant a baptisé son projet les Quatre Modernisations. Il est l'homme qui a forgé la Chine que nous connaissons aujourd'hui, singulier alliage de régime communiste et de libéralisme, de totalitarisme mêlé à une ouverture calculée.

C'est sous cette nouvelle ère, dans ce pays encore largement désordonné, qu'a lieu une première expédition dans les monts Tian Shan. La chaîne, de toute splendeur, appelée en français monts Célestes, marque une frontière infranchissable avec le Kirghizistan soviétique. Il s'agit pour Pékin d'en conquérir le point culminant, un sommet nommé Tomur ou « montagne de fer » en ouïghour et qui culmine à 7 439 mètres d'altitude. Elle n'est rien de moins que le 7 000 le plus septentrional de la planète, un monstre dégoulinant de glaces et de séracs, réputé pour ses températures abominables.

Le Tomur est plus connu sous le nom de pic de la Victoire. Il a été nommé ainsi à l'issue de la Seconde Guerre mondiale par les Soviétiques, qui l'ont gravi en 1956. Les Chinois comptent bien y porter leur drapeau depuis leur versant. L'expédition débute en juin 1977 avec tout l'été devant elle – il n'y a pas de mousson en Asie centrale. Elle associe l'équipe nationale d'alpinisme à un groupe militaire baptisé « 2 août ». Un effectif modeste évidemment : deux cent cinq personnes et un unique Ouïghour dont c'est pourtant la région. Les autres sont des Han ou des Tibétains. Un Ouïghour pour le folklore, pour la politique des nationalités, pour le symbole.

Aucun de nos héros ne participe à cette tentative. Depuis le tremblement de terre de Tangshan, Liu Lianman est affecté au parc automobile et à l'entretien de la voirie dans son usine. Il sera bientôt récompensé comme « ouvrier de choc ». Qu Yinhua est un presque retraité pékinois, honoré de la médaille d'argent de l'ordre de Lénine et de celle des Sports. On sait de lui qu'il aime faire du vélo et aller à la pêche. Gonpo, lui, jouit de son aura et de son statut au Tibet où Phando est, elle aussi, devenue députée à l'Assemblée du peuple. Guère de nouvelles de Xu Jing et seul Wang Fuzhuou arpente peut-être encore le terrain. Il sera bientôt président des instances nationales pour les choses de l'alpinisme.

L'expédition au Tomur est principalement composée des vainqueurs de l'Everest en 1975. Elle atteint – d'après ce qu'on nous dit – la cime malgré la menace permanente d'avalanches, se hissant sur le faîte de cette frontière soviétique alors que les relations avec Moscou sont au plus bas. Au-delà : l'Asie centrale sur laquelle la Chine a toujours lorgné et qu'elle revendique en sourdine. On est frappé dans les lectures par les allusions historiques et les prétentions territoriales. Des moines réputés avoir franchi au VIIe siècle quelques hauts cols sont présentés comme des précédents suffisants. C'est sans parler des dynasties Han et Tang qui ont guerroyé dans le ventre mou de l'Eurasie.

En 1978 ont lieu les premières réhabilitations des « victimes d'arrestations abusives et de persécutions ». Deng Xiaoping initie une politique de « redressement des torts ». Un « Bureau du classement des biens pillés » ouvre pour les innombrables martyrs des gardes rouges. Il s'agit de tirer un trait sur la Révolution culturelle dont ont aussi souffert quantité de membres du Parti. On rend par exemple au maréchal He Long son honneur *post mortem*. Son fils est aujourd'hui vice-amiral de la flotte chinoise. Xu Jing ou Liu Lianman sont certainement lavés des charges saugrenues qui avaient pesé sur eux. Cette fois c'est officiel, les centaines de milliers de déportés et de fusillés n'ont jamais commis de « crimes » contre le Parti ou la patrie… La Chine de Mao aura fait faire à des millions de personnes leur autocritique sans jamais faire la sienne.

Deng Xiaoping va jusqu'à reprendre langue avec le dalaï-lama. Qu'il revienne donc au Tibet ! Le politburo est peut-être prêt à des concessions, et depuis son exil indien, en vingt années, le dieu-roi a eu le temps de réfléchir à l'avènement du communisme. « Les inégalités de la répartition de nos richesses n'étaient certainement pas en accord avec les enseignements du Bouddha », reconnaîtra-t-il en prônant désormais un Tibet démilitarisé, sorte de vaste zone tampon entre les grands d'Asie. Mais les négociations tournent court, les délégations s'en retournent chez elles. « Qui est pour le dalaï-lama est contre le président Mao ! »

Messner soliste

L'ouverture au monde concerne aussi l'himalayisme. Dans le sillage du reste, la Chine de Deng Xiaoping autorise à présent les expéditions étrangères. Dès cette année 1978, des équipes mixtes, sino-japonaise et sino-iranienne, effectuent des reconnaissances sur le versant septentrional de l'Everest. La première voit trois porteurs disparaître dans une crevasse, et un alpiniste décède d'une hémorragie cérébrale lors de la seconde. C'est ensuite une équipe sino-germanique qui approche le Shishapangma. Dans le même temps, depuis le Népal, un certain Reinhold Messner atteint le toit du monde sans aucun recours à l'oxygène artificiel. Preuve est faite que l'homme peut marcher dans le ciel.

C'est la levée du rideau de fer himalayen. Le Parti autorise l'accès aux trois grandes provinces concernées par le négoce du vertige : le Tibet, le Xinjiang et le Sichuan. Les étrangers peuvent emprunter un poste-frontière avec le Népal en venant de Katmandou et *La Revue de Pékin* de novembre 1979 annonce l'« ouverture » de huit sommets dont le Qomolangma. Il est précisé que l'association d'alpinisme chinois s'occupera des permis, contrats et autres taxes. S'il est question d'amitié entre les peuples pour justifier le changement de cap, Pékin a essentiellement besoin de devises. L'Everest contre des dollars, une logique commerciale que les billets de dix yuans illustrent d'une vue de la face nord.

Mao doit remuer dans son mausolée mais le monde attendait depuis longtemps de pouvoir accéder au Tibet. Les Japonais, les premiers, ont vu leur demande acceptée et se lancent en mai 1980 sur l'arête nord-est, dans les pas de Mallory, Xu Jing, Liu Lianman ou Gonpo... Un certain Kato devient ainsi le premier homme à avoir gravi l'Everest des deux côtés ! Il a utilisé avec son compagnon de cordée l'échelle du second ressaut, toujours en place. Sans elle, l'opération reste impossible. Ses compatriotes créent la sensation en inaugurant aussi une voie directe en pleine face nord. Une ligne pure à l'aplomb du sommet, dans la verticale des glaces et des rocs.

Il n'aura fallu qu'une tentative. Les Japonais frappent plus fort en deux mois que ne l'ont fait les Chinois en trente ans. Ils n'ont pas pour eux l'incomparable avantage de la pensée de Mao mais ils sont plus techniques, plus véloces, plus légers. D'un coup, toute l'hystérie de la propagande, l'autocongratulation idéologique, les discours sur l'héroïsme maoïste, tout cela paraît risible. Côté népalais, les Polonais viennent de réaliser la première ascension hivernale. Le souffle de la liberté porte manifestement plus haut les hommes que la théorie politique. La montagne a plus à voir avec l'individu qu'avec les masses, elle est un destin marginal que ne sauraient engendrer les directives d'un comité central. En trois décennies, la Chine n'a mené que quelques tentatives sérieuses sur ces 8 000 dont le pays compte un nombre record. Ne s'intéressant qu'aux symboles, elle dédaigne l'alpinisme de voie et les cimes secondaires.

Les tractations sont laborieuses, le service de la Chinese Mountaineering Association (CMA) n'est guère abouti mais l'attrait d'un territoire trop longtemps fermé presse les candidats au portillon. Un nouveau guichet sera créé sous le nom de China International Sport Travel, et quel que soit l'acronyme de ces agences d'État, elles sont dirigées par un homme qui a traversé ces pages : Wang Fuzhuou. Celui qui commandait au trio présenté comme vainqueur en 1960 va bientôt faire connaissance avec un homme érigé en légende dans l'Occident honni : Reinhold Messner. Le Sud-Tyrolien qui a, le premier, gravi l'Everest sans oxygène veut désormais recommencer en solitaire. Une hérésie pour le communisme et ses expéditions militaires. Le solo n'a jamais été autorisé en Chine, il est contraire aux préceptes marxistes, bourgeois, individualiste, que sais-je. Messner lui-même qualifie son projet d'anti-idéologique pour Pékin.

La CMA de Wang Fuzhuou accueille Reinhold Messner à l'aéroport de Pékin. Ce dernier décrit une ville « couleur sépia » aux maisonnettes agglomérées à l'infini, entrecoupée de béton et baignée de poussière. Devant lui, « un flot épais de bicyclettes noires », les hommes tous vêtus de bleu ouvrier, les femmes se protégeant d'un foulard, et en contraste la place Tiananmen vaste et vide, grise, plantée du mausolée de Mao. Après trente années de planification, les esprits comme les habits sont devenus uniformes. Messner se souvient dans *Les Horizons vaincus* qu'il consacre des heures à négocier son autorisation. Les Chinois exigent le prix exorbitant de quarante à cinquante mille dollars pour sa seule personne. « Cette expédition servira l'amitié et la compréhension entre les peuples chinois, italien et allemand », stipule le contrat. Il bénéficiera d'une jeep, de yacks et de leurs pâtres, traités avec mépris par un officier de liaison. Il obtient aussi un permis pour aller jeter un œil au Shishapangma. Son itinéraire est dûment balisé. « La CMA fera connaître avant la fin avril les tailles et les pointures des participants chinois. » Le document est paraphé le 3 avril par un certain... Shi Zhanchun, éternel superviseur des affaires himalayennes.

Le soir de la signature, ils sont douze à dîner dans le salon particulier d'un restaurant pékinois. Certains membres de 1975 ont été conviés pour échanger avec Messner. Évoque-t-il avec eux ses doutes quant à l'expédition de 1960 ? Malgré tous les discours sur l'amitié, il écrira avoir senti un mur entre lui et ces hommes gavés d'idéologie. Il déguste du canard dans l'abondance et le raffinement puis vient son tour de porter un toast. Messner déclare, fier de lui : « L'autorisation pour cette expédition est la plus chère de ma vie, achetée selon les principes capitalistes dans un pays communiste. *Ganbei !* » Et d'avaler cul sec son alcool de riz.

Il se dirige vers le Tibet à l'été 1980, par la route. Un concurrent japonais souhaite lui aussi réaliser l'ascension en solitaire, et pour le devancer Messner a choisi « l'œil de la mousson », cette fenêtre de beau temps qui s'ouvre brièvement en plein cœur des nuées estivales. Une double hérésie donc. Les moteurs peinent dans les lacets des cols et, parvenu à Lhassa, Messner décrit la laideur entachant la ville sainte, la splendeur profanée par la tôle, le béton et d'énormes réservoirs qui côtoient les toits dorés, sans parler des terrains militaires. « On se heurte sans cesse à des travaux de voirie », regrette un Messner avide d'exotisme. Des brigades d'ouvriers entretiennent sans relâche les artères indispensables au contrôle du Tibet, alors même qu'il n'y avait aucune piste en 1950.

Reinhold Messner est logé avec sa compagne dans des ghettos han, gardés de soldats en proie au mal du pays et envoyés pour quelques années sur le toit du monde. Il est frappé par les camions klaxonnant au ras des pèlerins agenouillés dans la poussière. D'après lui, il subsiste quelque chose du Tibet, ces hommes en peau de mouton graisseuse, ces fidèles s'étendant de tout leur long autour du Barkhor, ces cavaliers du Kham aux tresses noires. Il demeure l'odeur des lampes à beurre et de l'encens, le murmure du *Om mani padmé hum*. Ou plutôt tout cela vient-il de renaître des cendres de la Révolution culturelle. Pékin a rétabli la liberté de culte. Les dieux se réincarnent, Mao non, et les Tibétains ne se montrent pas rancuniers envers ce Bouddha qui les a quelque peu abandonnés. Ils préfèrent se racheter d'avoir saccagé leurs propres monastères. Les monuments ressuscitent des décombres. On repeint, on restaure. Le malaise spirituel succède toujours aux illusions perdues.

Les chiens errants sont de nouveau tolérés et Deng Xiaoping souhaite plus de Tibétains dans les institutions. On dit que quelques Han repartent même vers les plaines pour faire place. Cela n'empêche pas les haut-parleurs de convoquer dès 5 h 30 du matin la population au travail et l'officier de liaison fait systématiquement remarquer à Messner tout le progrès qu'a apporté Pékin : canaux d'irrigation, écoles, hôpitaux, routes… Durant les longues heures de piste, il expose à l'alpiniste italien le fameux point de vue chinois : « Depuis 1959, un million de serfs émancipés ont construit un ordre socialiste basé sur le développement, l'éducation et la santé. »

Au pied de l'Everest, Messner erre dans les ruines de l'ancienne lamaserie de Rongbuk. « Une sorte de décharge pour les expéditions », écrit-il. Les toits sont effondrés, les statues ont été volées, les murs se lézardent et les tombeaux sont abandonnés. Il ne reste plus guère qu'un chörten abîmé. Messner et sa compagne prennent le chemin du camp de base avancé, à 6 400 mètres. Elle l'y attendra seule dans le silence des glaces, sans même un appareil radio pour le joindre.

Après un portage éclair au col nord, Reinhold Messner attaque le 17 août et effectue deux bivouacs à 7 800 mètres, puis 8 220 mètres. En raison de la neige fraîche et abondante, il évite le deuxième ressaut en suivant un itinéraire audacieux rejoignant le couloir Norton, du nom d'un autre compagnon de Mallory. Au terme de trois jours, le 20 août, il atteint le sommet sans le moindre artifice ni assistance... Deux aubes encore et il est de retour au camp de base avancé. Le tout en solitaire et sans assistance respiratoire, là où les Chinois avaient consacré des années et des moyens considérables. Messner signe une ascension pure, *by fair means*, comme le dit l'anglais, à la loyale, seul aux prises avec la montagne, sans porteur, sans secours, sans échelle... Tous les discours enflammés sur la supériorité maoïste sont balayés par un seul homme ayant dédaigné jusqu'aux ondes et l'éventualité de secours. Un homme qui réussit en un temps record et du premier coup, au beau milieu de la mousson...

C'est un choc physique, technique mais aussi culturel voire politique, social peut-être. Messner ne s'est pas contenté de n'être qu'avec lui-même, il s'est aussi abstenu de faire flotter le drapeau italien au sommet de l'Everest. Un comportement incompréhensible pour des Chinois ne jurant que par la patrie et la masse, ne bravant le péril qu'aux ordres d'une chaîne de commandement nationale. L'alpinisme occidental assume d'être fondamentalement inutile, de risquer sa peau pour la beauté du monde et du geste, pour sa gloire intime plutôt que celle d'un secrétaire de Parti, pour s'offrir un piédestal un jour, une fois, pour être roi; mais aussi par désœuvrement, par manque de sueur ou par engrenage égotique.

Au tour des Chinois de ne pas croire un mot de cet exploit éclair les faisant passer pour des tortues d'altitude. Sauf que Messner a eu la présence d'esprit de s'immortaliser debout sur la cime, à côté du… tripode chinois.

D'ailleurs les ouvertures de voies s'enchaînent. Les Américains – qui viennent de reconnaître la Chine populaire au détriment de Taïwan – déflorent bientôt la face est de l'Everest. Wang Fuzhuou, lui-même officier de liaison, a tout loisir d'admirer leur virtuosité. La nouvelle génération d'himalayistes chinois en est réduite à s'associer à ces expéditions accourant du monde entier, comme naguère ils accompagnaient les Soviétiques. On les retrouve ainsi en compagnie des Japonais sur le versant tibétain du K2 avant d'échouer, seuls, au Namche Barwa ou de conquérir le Cho Oyu en 1985, depuis le nord. En 1954, les Autrichiens avaient conquis les premiers ce 8000 frontalier, en basculant clandestinement côté tibétain.

Vétérans

Aux étrangers qui commencent à visiter le Tibet, on distribue des brochures dénonçant le régime théocratique que la Chine a renversé. Elles détaillent, clichés de tortures à l'appui – ablation de la langue, énucléation –, l'arriération et les us médiévaux qui prévalaient sur le toit du monde avant l'instauration du communisme. Sans omettre l'accaparement des terres, le servage et la dîme. Cela ne convainc guère un Occident dont la jeunesse a reposé le Petit Livre rouge pour s'enticher de la cause tibétaine. Quelques lamas novices font revivre les monastères. Ils jouent faux et réapprennent leurs prières. Les voyageurs sont de plus en plus nombreux à atteindre Lhassa, émerveillés par la ville ceinte de montagnes.

Le Tibet a pourtant perdu en grande partie son âme d'antan. Le communisme sinise une civilisation des hauts plateaux courbant l'échine pour la relever de temps à autre. De 1987 à 1989, de nouvelles émeutes éclatent à Lhassa et ailleurs tandis qu'a lieu l'effarant massacre des étudiants sur Tiananmen. La célèbre place pékinoise vient compléter les trois « T » qui hantent le Parti aujourd'hui : Taïwan, Tibet, Tiananmen.

Les pionniers de l'alpinisme chinois ne vont plus, depuis longtemps, en montagne, et c'est toujours de Liu Lianman qu'on a le plus de nouvelles. Désœuvré au travail, il confie recopier à la main des journaux par ennui. Il se plaint aussi d'être en difficulté financière, au point de quémander de l'aide. Il a contracté trois mille yuans de dettes. Autour de lui, on s'offusque qu'un héros de l'Everest soit si mal employé et son usine estime que ce serait à la Commission des sports de faire un geste. Sa femme est décédée des suites de sa longue maladie, il a trois enfants et une belle-mère à la maison. S'est-il remarié ? On sait seulement que le bureau de contrôle des naissances lui a infligé une amende de six cents yuans tout en minorant son salaire d'un cran. Une sanction de la politique de l'enfant unique, alors que la Chine passe le milliard d'habitants.

Des camarades et des personnalités lui rendent parfois visite à Harbin. Il a revu le général Tan Guansan qui finissait sa carrière à la Cour suprême et il est encore convié à Pékin, pour des émissions avec les vétérans. La télévision rappelle leurs hauts faits à l'occasion, mais leurs exploits appartiennent au passé et les journalistes ne sont plus très au fait. CCTV qui évoque un jour l'expédition de 1960 affirme que Liu Lianman s'est sacrifié corps et âme lors de l'ascension. Poignant mais il est toujours vivant. Le présentateur l'appellera pour s'excuser platement. Une autre fois, sur la chaîne nationale, Liu Lianman relate l'anecdote du porcelet qu'il avait égorgé durant la Révolution culturelle. La liberté de ton a fait quelques progrès. La Chine se métamorphose.

Suivent-ils les ascensions qui se multiplient ? En 1989, deux expéditions sino-nippo-népalaises réussissent une double traversée de l'Everest en se croisant au sommet, sur lequel le Tibétain Tsering Dorje demeure quatre-vingt-dix-neuf minutes. En 1990, c'est autour d'une « équipe de la paix » Chine-URSS-États-Unis. Sans doute tout cela paraît-il d'une autre époque aux alpinistes de Mao. Que sait-on des autres ? Qu Yinhua est père de trois filles. Il les a eues avant la politique de l'enfant unique. Sa femme, sa famille sont très fières de lui et de son exploit à l'Everest en 1960, « pour la nation et même l'humanité ». Il a travaillé un moment pour la Commission des sports à Pékin. À cause de ses moignons, il ne se déplace plus que sur un vélo ou une moto. De Xu Jing, on a un cliché de 2010. Son visage a vieilli sans pour autant changer avec, toujours, ces traits d'une étonnante douceur. Il a un temps siégé à la CMA mais il se trouve atteint d'un cancer. Gonpo, dont on dit qu'il a fini par nourrir une certaine amertume envers la main de fer de Pékin, n'en garde pas moins un pied dans la Commission des sports du Tibet. L'équipe du Xizang collectionne les quatorze sommets de plus de 8000 mètres et l'himalayisme est désormais au service des expéditions commerciales. La pratique amateure, sans guide, est prohibée et les étudiants épris d'un peu de libre arbitre en sont réduits à « braconner » les sommets en se cachant...

Liu Lianman raconte encore qu'on organise un jour un banquet en son honneur. Il qualifie l'aide qu'il reçoit de « vrai sentiment prolétarien ». Il réaffirme sa reconnaissance au Parti, à l'État et à son unité de travail. Peut-être n'a-t-il d'autre choix mais son destin explique sa gratitude. En 1993, il prend sa retraite. Sa pension n'est pas pleine. Les autorités lui octroient un deux pièces avec cuisine en remplacement de son vingt-deux mètres carrés. Il compose avec ses indemnités d'ouvrier et d'athlète, peinant à s'acquitter des dépenses de scolarité de son jeune fils. En fait d'école, il se vante d'avoir été cité en modèle d'éducation morale dans un collège. En 2003, on le sollicite une ultime fois pour converser par téléphone satellite avec une énième expédition chinoise ayant atteint la cime du

Qomolangma. Liu Lianman leur conseille d'être « prudents lors de la descente ». Sage leçon d'une vie consacrée à la lutte des glaces.

En 1999, la Chinoise Guisang devient la première femme à gravir deux fois l'Everest par le nord tandis qu'un certain Benha Zhaxi reste cent trente-huit minutes au sommet pour un nouveau record. Cette même année, un corps est découvert sous le premier ressaut par l'Américain Conrad Anker. Le cadavre est momifié, les entrailles bouffées par les goraks qui planent au-dessus de l'Himalaya. Il s'avérera être celui de George Mallory. Les Américains dénichent dans une poche un couteau, un altimètre, des lettres ainsi que des lunettes de soleil. On suppose dès lors qu'il est mort de nuit et on déduit que la première dépouille aperçue en 1960 par Xu Jing et ses camarades ne pouvait être que celle d'Irvine. Elle a disparu depuis et certains accuseront à demi-mot les Chinois d'avoir « nettoyé l'Everest ». On ne retrouvera jamais le fameux appareil photographique dont la pellicule aurait pu livrer les secrets de 1924. George Mallory et Sandy Irvine avaient-ils pu contourner le deuxième ressaut, à l'instar de Reinhold Messner ?

Derniers instants d'éternité

Il y a des contrées – allez savoir pourquoi – qui priment sur les pays. Des régions qui n'ont que faire des États. Des parties du monde où la géographie physique relègue la carte politique à quelques traits. Quand on prononce Sibérie, on ne dit pas Russie. C'est comme Patagonie ou Sahara, une toponymie brute et onirique, le règne immense de la nature. Ainsi en va-t-il du mot « Tibet » et l'on s'évertue encore aujourd'hui à le prononcer plutôt que dire que l'on va en Chine. Comme si le Tibet était toujours reclus dans son écrin de cimes, sans frontières pointilleuses, sans plans quinquennaux, sans Pékin.

À quel moment s'achèvent vraiment les voyages ? Vingt ans exactement que je suis rentré du toit du monde. Des mois par les vastes solitudes et les cols célestes. J'étais à peine majeur et je vivais l'aventure des grands dehors. Ma génération était pétrie de cette idée d'un Tibet angélique soumis à l'agression communiste. Je revois ces moines récitant distraitement leurs mantras sous des portraits de Mao et des affiches de Deng Xiaoping, ne s'interrompant que le temps d'un « *tashi delek* » pour nous saluer, tournant au passage un feuillet xylographié. Il restait quelque chose de l'ordre de l'éternité. Je me souviens aussi, parmi mille réminiscences, d'un jeune étudiant qui m'avait chuchoté vouloir « développer le Tibet pour mieux l'affranchir ».

Nous nous étions cachés dans des camions, sur ces pistes qui désenclavent les hauts plateaux. On construisait alors le train qui relie désormais Lhassa au monde. En fait de ville sainte, j'avais découvert une capitale clinquante. Des vendeuses moulées dans des robes rose bonbon vendaient des téléphones dernier cri au centre commercial qui fait face au Potala. C'est peu ou prou à cet endroit que s'entraînaient les alpinistes maoïstes en 1959. Sur la même place, un monument se dresse aujourd'hui vers le ciel. Il représente le Qomolangma dans une œuvre abstraite à la « libération pacifique du Tibet ».

Tout semblait alors à peu près paisible, le Tibet tentait d'apprivoiser le déferlement technologique venu des plaines. Éteindre les âmes, unifier par le progrès, effacer par la prospérité. Le bouddhisme est aujourd'hui strictement contrôlé, l'enseignement obligatoirement bilingue, l'identité lissée. Pékin assimile ses marges, Ouïghours, Mongols de Chine, Tibétains, qui ne sont qu'une partie du drame. Pour les récalcitrants, les camps, fût-ce sous d'autres noms et intégrés au socialisme de marché, n'ont jamais cessé d'exister. De même que des soldats indiens et chinois s'affrontent encore sur la frontière himalayenne.

Puis le 10 mars 2008, quarante-neuf ans exactement après le soulèvement de Lhassa, le Tibet s'embrase de nouveau. Des moines sont arrêtés tandis que la flamme olympique traverse la ville sous haute sécurité. Un des hommes qui promènent la torche à travers la cité sainte ne peut plus guère que trottiner. C'est un Tibétain, âgé, vêtu d'un survêtement rouge semé d'étoiles dorées. Gonpo. Il confie la flamme à de jeunes athlètes direction l'Everest au sommet duquel elle sera portée devant les caméras du monde entier. Lors de la cérémonie d'ouverture à Pékin, c'est une autre légende du Qomolangma, Phando, qui brandira, avec d'autres sportifs, le drapeau olympique.

De nos jours, les himalayistes tibétains prient la déesse Qomolangma de les laisser passer. L'itinéraire est chaque saison équipé de cordes fixes par une armée de porteurs. L'échelle du deuxième ressaut a été remplacée, l'oxygène est fourni à volonté, l'équipement est dernier cri et l'on capte jusqu'à la 5G. Contrairement à ce qu'affirmaient les maoïstes, la voie nord est comparable en difficulté à la népalaise. Des centaines réussissent désormais l'ascension à l'aide d'agences, chaque saison. Les pionniers, eux, le sont à jamais. La première du Qomolangma fait partie du récit national et ses protagonistes ont emporté son secret dans leur tombe. Liu Lianman s'est éteint en 2016. Xu Jing est lui aussi passé à trépas, tout comme Qu Yinhua, Phando ou Wang Fuzhuou qui terminait son existence près du troisième périphérique de Pékin.

Reste le vénérable Gonpo, proche de la mort et qui saura bientôt si, oui ou non, le marxisme brise le cycle des réincarnations.

Bibliographie succincte

Cette histoire méritait à mon sens d'être connue hors de Chine. Je me suis livré à un travail documentaire fastidieux et lacunaire, des bouquinistes aux domaines web « .cn » en passant par les bibliothèques. Grâce à la « Toile », la recherche a perdu en poésie mais gagné en efficacité, sans parler des logiciels de traduction du mandarin. Ci-dessous, une liste non exhaustive des ouvrages, périodiques et sites consultés, qui sont parfois mentionnés dans le corps du texte. Il s'agit souvent de publications en anglais, venant du régime lui-même ou de sources soviétiques.

Les Occidentaux étant surtout obsédés par le mystère Mallory, les expéditions chinoises ne les ont intéressés que dans la mesure où elles l'éclairent. Ce n'est pas ce qui a motivé ce livre et j'ai prêté moins d'attention aux détails de cette affaire qui nourrit par ailleurs des ouvrages entiers en suppositions interminables. Je suis néanmoins redevable à ceux qui ont enquêté sur le sujet et ont recueilli les souvenirs de

Xu Jing en 2004 avant sa mort. Beaucoup de témoins sont en effet décédés au tournant des années 2000 et j'ai pour ma part renoncé à interviewer le dernier survivant, Gonpo, en raison du Covid, de son âge mais aussi des entretiens qu'il a pu donner et qui se répètent. Il est évident qu'il n'aurait pas changé pour moi de version.

Concernant le laogai et autres « classes d'étude », je me suis mis en quête d'éléments dans les ouvrages d'historiens comme Jean-Luc Domenach. J'ai écrit au « présent de plausibilité » d'après divers récits de survivants mais toujours à partir des indices de Liu Lianman ou de Xu Jing. J'ai (re)plongé dans cette complexe mémoire qu'est l'annexion du Tibet, dont je ne suis pas expert malgré les voyages que j'ai pu y faire. Si je suis resté critique face aux sources chinoises, je ne les ai pas systématiquement remises en cause et ne peux me porter garant de chaque détail. J'ai été tributaire des sources disponibles tout en passant à côté de certaines. D'autres éléments apparaîtront peut-être avec le temps. *Alpinistes de Mao* reste une enquête très imparfaite.

Anker C., Roberts D., *Mallory & Irvine, à la recherche des fantômes de l'Everest*, Glénat, 2000.

Cheng N., *Vie et mort à Shanghai*, Albin Michel, 1987.

Domenach J.-L., *Chine : l'archipel oublié*, Fayard, 1992.

Filimonov L., *Doroga na Everest*, Molodaïa Gvardia, 1991.

Fu-chu W. et Yin-hua C., *How We Climbed Everest*, Mountain Craft, 1962, in J. E. Lewis, *The Mammoth Book of How it Happened – Everest*, Robinson, 2003.

Hwang D., Chang L., « Sport, maoïsme et jeux Olympiques de Pékin », *Perspectives chinoises*, n° 102, 2008.

Koenig S., *J'entends battre le cœur de la Chine*, Glénat, 2013.

Lianman L., *Histoire d'un alpiniste.*

Pasqualini J., *Prisonnier de Mao*, Gallimard, 1975.

Peissel M., *Les Cavaliers du Kham*, Robert Laffont, 1972.

Équipe d'alpinisme de la Chine, *Résumé des travaux sur le mont Everest*, document « ultra-confidentiel », 12 juin 1962.

Shih Chan-Chun, *The Conquest of Mount Everest by the Chinese Mountaineering Team*, The Alpine Journal, vol. 66, 1961.

Shih Chan-Chun, 1961, *The Conquest of Mount Everest by the Chinese Mountaineering Team*, in *The Himalayan Journal* n° 23.

Shih Chan-Chun, *The Conquest of Minya Konka*, Foreign Language Press, Pékin, 1959.

Synnott M., *The Third Pole : Mystery, Obsession, and Death on Mount Everest*, Dutton, 2021.

Weng Qingzhang, « An Undisclosed Mount Everest Expedition – The 1958 Sino-Soviet Union Mountaineering Expedition Reconnaissance Group ».

Wignal S., *Prisonniers au Tibet rouge*, Flammarion, 1959.

Woeser T., *Mémoire interdite*, Gallimard, 2010.

Wu H., *Vents amers*, Bleu de Chine, 1995.

Zhongguo deng shan dui, *Planting the Five-Star Flag on Mt. Tomur*, Foreign Languages Press, 1977.
Zhou Zheng, « Explorer le mont Everest »
Everest News, entretien avec Xu Jing, 2004
https://www.everestnews2004.com/malloryandirvine2004/stories2004/xijing12142004.htm

Remerciements

Pour leur confiance renouvelée, les éditions Stock, Manuel Carcassonne, Benoît Heimerman, Émilie Pointereau, Bénédicte Avel et toute l'équipe.

Pour leur précieuse aide sinophone, Sissi Lin et Valentine He. Ainsi que Serge Koenig, la famille Afanassieff, François Damilano, Philippe Rochot, Pascal Tournaire, Thomas Vennin et autres bonnes âmes qui se reconnaîtront !

Cet ouvrage a été composé
par Maury à Malesherbes
et achevé d'imprimer sur Roto-Page en mars 2023
par l'Imprimerie Floch à Mayenne,
pour le compte des Éditions Stock
21, rue du Montparnasse, 75006 Paris

PAPIER À BASE DE FIBRES CERTIFIÉES

Stock s'engage pour l'environnement en réduisant l'empreinte carbone de ses livres. Celle de cet exemplaire est de :
950 g éq. CO_2
Rendez-vous sur www.editions-stock-durable.fr

Imprimé en France

Dépôt légal : mars 2023
N° d'édition : 01 – N° d'impression : 102157
66-51-1669/0